小説

原作：赤塚不二夫　小説：石原 宙　イラスト：浅野直之

お　　さん

松

小説 JUMP j BOOKS

【目次】

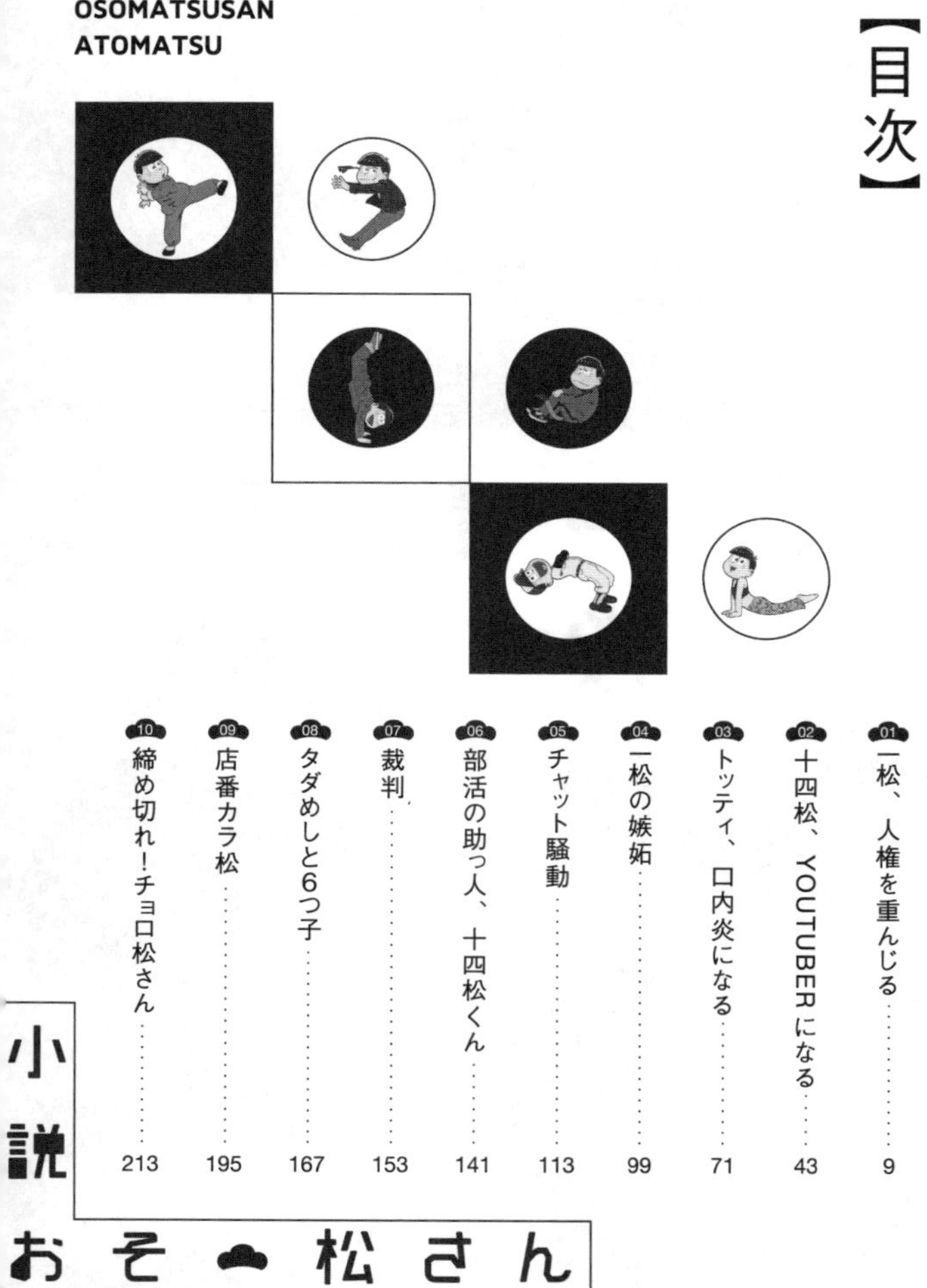

小説 おそ松さん 後松

一松、人権を重んじる

01

LIGHT NOVEL
OSOMATSUSAN
ATOMATSU

そろそろ暮れの足音が聞こえはじめる、12月の午後。

今日も松野家の六人は、部屋で思い思いに無駄な時間を過ごしていた。

長男おそ松は、床に寝そべり、すでに読み終えたマンガ雑誌を繰り返し読み、飽きもせず五周目に突入していた。

次男カラ松は、窓枠に腰かけ、空をゆく小鳥たちにキメ顔でウインクを投げかけるが、当然ながらことごとく無視され続けている。

三男チョロ松は、気になった求人広告のスクラップに余念がないが、一冊分をスクラップし終わると一仕事終えた気分になって満足するのが常だった。

野球盤に興じる五男十四松と末弟トド松は、肝心の玉を失くしたことに気づき、途方に暮れた。パチンコ玉で代用するも大きすぎ、BB弾では軽すぎる。ちょうどいい代用品を思い出したという十四松が「ベアリング！」と言ったが、それはベアリングだった。

そして四男一松は、ただ膝に猫を乗せ、丹念に毛並みを整える。

限りある若い時間をドブに投げ捨てさせたら、彼らの右に出る者はない。

「ねぇ」

すると。突然思いついたように長男おそ松が立ち上がり、兄弟に声をかけた。

「……カラオケ行かない？」

一瞬互いに視線を交わす兄弟たちだが、すぐに声を揃えて返事した。

「「「「「いーねー‼」」」」」

昨晩、ＴＶの歌番組で懐メロを聞いた影響である。

とはいえ、普段さほどカラオケに興味がない彼らが即座に同意したところを見ると、さすがにそれぞれ貴重な時間をドブに投げ捨てている自覚があったのだろう。

「一松は…………行かないよなカラオケなんて」

言いかけたおそ松は、考えて、それ以上は言わなかった。

ぞろぞろと部屋を出ていく五人を見送り、

「……」

一松は一人、部屋に残って猫をなで続けた。


また、ある日。

「あーあ、まーた競馬で負けたよ……」

すらりと部屋のふすまを開けるなり、おそ松はがっくりと肩を落とした。

部屋の中でファッション誌を読んでいたトド松が、顔を上げて目を細めた。

「もうしばらくやめといたら？　負け運がついてるんだよ」

ほかの兄弟たちも部屋にいて、一様に呆れ顔をする。みなパチンコは大好きだが、ギャ

ンブルのハマりようにおいては、おそ松が頭一つ抜けていた。

おそ松は「うーん」と腕組みして考えた後、名案とばかりに手を打った。

「じゃあ、流れを変えるために飲みに行くか！」

「はぁ？　なんでそうなるの？」

トド松は理解できないとばかりに半眼になって、

「競馬がダメだったから飲みに行って、また競馬かパチンコって、その地獄みたいな思考回路やめない？　人として一生浮上できない感じがすごいよ」

「そっかぁ……？」と、おそ松は、わかっているのかいないのかわからない返事をして、またぱんと手を打った。

「じゃあたまにはバーにでも行くか！」

「だから何で飲みに行くの⁉」

「いつも居酒屋で安酒ばかり飲んでるから、しみったれた負け運がつくんだって。だから気分を変えてさ！」

「聞いてる⁉」

トド松はため息をつく。

「まぁ、別に暇だからつきあってもいいけど？　ボクいいダーツバー知ってるんだ」

それを聞いて瞳を輝かせたのはカラ松だ。

「バーか……それは黙ってられないな」

革ジャンの胸ポケットに忍ばせたシガースティック（※食べられる）を取り出し、手慣れた仕草で口にくわえた。

「よーし！　じゃあみんなでダーツバー行こうぜー！　トド松の金で！」

「はぁ!?　何でそうなんの!?」

「「「いーねー!!」」」

「よくないよ!!」

トド松を無視して、ぞろぞろと部屋を出ていくおそ松、カラ松、チョロ松、十四松。そしてトド松も、「絶対ボクは出さないからね！」と文句を言いながら後についていく。

「あ……」

最後にちらりと一松に視線をやったが、しばし考え、トド松は続きを口にしないまま部屋を出ていった。

「……」

そして一松は部屋に残り、五人の背中を見送った。


そのまた、ある日。

「あ、そうだ、この間話したトト子ちゃんの誕生日プレゼントのことなんだけど……」

おそ松の言葉に、「ああ、考えてきたよ」「ボクもボクも」「びっくりさせようー！」「フッ、レディの感動する顔が目に見えるぜ……」などと、口々に応じる兄弟たち。

「……⁉」

その話題に目を白黒させたのは一松だ。

そんな話、一ミリだって聞いてない。

しかしほかの兄弟は当然のように知っていて、すでに準備も進めていて、さすがに一言いいたい一松だったが、

「よーし！　じゃあ買い物行こうぜ！」

「「「「おー‼」」」」

「……」

ついに口を挟む機会を失って、一人うつむいたまま、一松は部屋に残った。

――そして事件は起こった。

先日行ったカラオケについて、五人が楽しそうに会話している時だ。

当然一松は話に入ることができない。部屋の隅でいつもより念入りに猫をなでるばかり。

思えば最近、こんなことが重なっている。

口には出さないが、フラストレーションはたまるばかり。

おそ松が口にした一言で、ついに一松の鬱憤は爆発する。

「あ、そうそう、来週の引っ越しの話なんだけどさ」

「ちょっと待って⁉」

「え？　一松どうしたの？」

突然立ち上がって叫んだ一松に驚いて、目をぱちくりさせるおそ松。

「え？　なに？　一松」

「なに？　じゃないよね⁉」

ほかの兄弟たちも首を傾げたり、顔を見合わせたり、揃ってきょとんとしている。

「え――――⁉　なにその反応⁉　逆にお前らがどうしたの⁉」

しかしなお兄弟たちは、どうして一松が怒っているのかわからずに「どうしたんだ一松は？」「機嫌が悪いんじゃないの」などと口々に言っている。

「いやいや待って⁉　変でしょ⁉　なんでおれの知らない間に引っ越しの話とか進めてんの⁉　おれも一緒に住んでるの！　ご存じ⁉」

「えー？　だってしょうがないじゃん」

眉根を寄せて、逆に不満をこぼしたのはおそ松だ。

「一松いっつも話入ってこないじゃん」

「だからってだな⁉」

そこまで言うと、一松は深呼吸し、努めて冷静になろうとする。

「……いや、別にいいんだけど。全然気にしてないんだけど。ただ今からおれが言うことはちょっと聞いといて。お前らの将来のためにもなるから。いやほんとおれは全然よくて、

お前らのためを思って言うんだけど」

「なにその回りくどい言い方」

トド松が口を挟むと、おそ松も大袈裟に頷いて、

「そうやって言うやつほど自分のことしか考えてないんだよね。自分をよく見せるためのダシに人を使わないでほしいよね」

「うるさい聞けよ！　みんなで勝手にカラオケ行ったり、バー行ったり、トト子ちゃんの誕生日祝いを買いに行くのだって聞かされてないんだけど!?」

「え？　だって一松、誘ったら来るの？」

「……」

おそ松に言われ、一松はつい黙った。

一松は基本的に賑やか、あるいは華やかな場所が嫌いだ。カラオケだって行かないし、ダーツバーなどもってのほか。リア充の巣窟は徹底的に避けてきた。おそ松たちだってそれを知っていた。トト子ちゃんへのプレゼント選びだって、普段は行かない女の子だらけのファッションビルへ足を運ぶ予定だったから、一松には声をかけなかったのだ。

「……行かないけど」

「じゃあいいじゃん」

「よくないから言ってんの！　行くか行かないかはおれが決める！」

「え、なんでちょっとイラしてんの？」

「煽ってきてんの⁉」

いまだピンとこない態度を貫くおそ松に、一松は怒りを募らせる。

「だから一応誘えって言ってんの！　一応！」

「でも、誘っても来ないんでしょ？」

「いやいや違うから！　わかんないかな～？　まずお前らが誘って！　おれが断る！　ちゃんとその手続きを守って⁉」

「えー……？」

今度はおそ松が納得できない顔をする。

「なにそれ？　どうして断られるのわかってて誘わなきゃいけないの？」

「だから！　親しき仲にも礼儀あり、だろ！　もっと気遣って弁えていこう⁉」

誘われても行かないのは確かだが、だからと言って確認を飛ばされるのは、一松としては我慢できない。効率はわかるが、これは気持ちの問題なのだ。

「もうさ、引っ越しの話までハブるとか、それ嫌いな人に対する態度だよ⁉」

「嫌いな人ー？」

おそ松は心外そうに言う。

「いや、別に俺たち一松のこと兄弟じゃないなんて思ってないよ？　な、みんな？」

「それなんだよな――――!!?」

一松は独特のポーズとイントネーションで不快感を露にする。

「普通そんなこと言わないんだよな——!?　ちゃんと兄弟だと思ってるやつにはそんなこと言わないんだよな——!?」

　見かねた十四松がフォローに入る。

「大丈夫だよ一松兄さん！　ぼく、一松兄さんのこと欠陥人間だなんて思ってないよ！」

「なんでこのタイミングでそんなこと言うかな——!?　急に脇腹刺された気分！　欠陥人間とか普通使わないいんだよね！　物扱いじゃん人間じゃないよねもはや！」

「フッ……」

　そこへ、カラ松が進み出た。

　瞼を伏せ、傷心の弟の肩にそっと手を置いた。

「寂しいのか？　一松」

「黙れクソ松！」

「あああああああ!!」

　一松渾身のドラゴンスクリューが炸裂し、膝関節がもげかける。

　床に転がるカラ松を、何度も足蹴にする一松。

　それを見ていたチョロ松が、別の疑問を呈した。

「逆にさ、お前のその、カラ松に対する態度も人としてどうなの？」

　するとカラ松は「そうだ！」と涙目で不満を訴える。

　確かに、一松のカラ松への当たりの強さは兄弟の中でも突出している。

じっと一松を見つめて回答を待つカラ松だったが、

「まぁまぁ」

「まぁまぁ⁉」

「とにかく！　お前らには配慮ってもんがないんだよ！」

ショックを受けるカラ松を無視し、一松は積もり積もった憤懣をぶちまけた。

「デリカシー⁉　プライバシー⁉　いやそんなもんじゃないね、そうだよこの家には人権がねえわ！　人権が！」

普段物静かな人間ほど、キレた時には手がつけられなくなる良い例だ。

放っておいてもこの怒りは収まらないだろう。

「じゃあさ」

それを察したおそ松は、難しい顔をしながら、一松に尋ねる。

「一松はどうしてほしいの？」

「だから人権を守ってほしいの！」

「敬意を払えばいいの？」

「それは自分で考えて⁉　おれに言わせないで⁉」

「もう一松兄さん、めんどくさいなあ……」

横から口を出したトド松の言う通りである。

急に『人権を守って』と言われても、どうすればいいのか。

一松の言う『人権』の定義も不明だし、そもそも生まれた時から一緒の6つ子である。気兼ね(きが)ねゼロで暮らしてきたから、敬意の払い方なんて想像もつかない。

「う～ん……人権……人権か……」

おそ松は腕を組み、真面目(まじめ)な顔で思案する。

普段は絵に描いたような穀潰(ごくつぶ)しだが、弟たちのこととなればそれなりに考えてくれる長男である。

「じゃあ……一松くん？」

「ヘタクソなの⁉　呼び方変えただけじゃん！」

弟思いかもしれないが、それ以前にこの男は、奇跡的なまでの馬鹿(ばか)だった。

一松はと言えば、またぷいと顔を背(そむ)けて、とても納得いっているようには見えない。

そこへ十四松が切りこんだ。

「一松兄さま！」

「……っ」

一瞬、一松の表情に変化が見える。

「十四松兄さん！　そんな取ってつけたような敬意じゃ一松兄さん納得しないよ！　呼び方をちょっと変えただけだし、むしろ白々しくなるだけで——」

「……悪くない」

「え？」と、耳を疑うトド松。

十四松が畳（たた）みかけた。

「一松選手！」

「…………っ！」

「一松キャプテン！」

「…………っ！」

「一松ホームラン王！」

「……………っ‼」

気づけば一松は、背けていた顔をこちらに向けていた。

そればかりか興味深げな目で、うんうんと小さく何度も頷いている。

「……いいな…………！」

「いいのかよ‼」

そうだった。おそ松や十四松が馬鹿ならば、他の兄も全員遜色（そんしょく）なく馬鹿だった。

「やればできるじゃないか……」

満足そうな一松。

「じゃあこれからもそういう感じで」

とは言え、ずっと気兼ねなく接してきた6つ子だけに、一松の人権を守る、つまり敬意の払い方がいまいちわからない。それに急に敬（うやま）えと言われても釈然（しゃくぜん）としない部分もある。

「まあ、一松がそれでいいって言うなら」と、難しい顔でおそ松。

「それならね？」

「やむを得ん……やってみるか」

チョロ松、カラ松も頷いて、ひとまず納得する五人。

そうして、一松の人権を守る日々が始まった。

◇

朝を迎えれば。

「おはよう一ま……じゃない、一松くん」

「ああ、おはよ」

食事の席では。

「あ、一松くん、醬油とって」

「醬油？　はい」

部屋でだらだら過ごしていても。

「ねぇ一松くん、外寒いから漫画買ってきて？　あとアイスとお菓子も」

「なんで人を使おうとしてんだよ！　くん付けすればいいってもんじゃないから！」

ここ数日の間、取ってつけたような『くん』付けで、曲がりなりにも一松を尊重してきた五人。

しかしそれはやはり表面的なものに過ぎなかった。

「もっとちゃんと人権守って⁉」

「ちょっと一松くん、めんどくさい」

「あとトド松は年下なんだからくん付けは逆に腹立つから！」

ただでさえ不器用な五人と敏感な一松ではなかなか折り合いがつかない。

「そもそもなんで僕たちが一松にこんな気を遣わなきゃいけないの？」

「だってなにするかわかんないから怖い」

チョロ松に対し、おそ松はまるで異常者でも相手にしているかのように答える。

次第に一松の要求はエスカレートし、それに不器用な五人が嫌々応える関係が続く。

それが長引くと、段々互いにおかしくなっていった。

「ただいま」

一松が外出から帰り、部屋のふすまを開けると。

くつろいでいたチョロ松と十四松が急にびしっと立ち上がり、大声で迎えた。

「いらっしゃっせー！」

「喜んでー！」

礼儀正しく頭を下げ、戸惑う一松を小走りで迎えに出る。

チョロ松が妙に手慣れた調子で言った。

「チョロ松に部屋の中へ通されながら、疑問をこぼす一松。

「なにこれ、居酒屋？」

「一名様ご案内でーす！」

「吸わないけど。知ってるでしょ」

「おタバコは？」

「……いや、見たらわかるでしょ」

「おひとり様ですかー？」


「喜んでー！」

基本的に十四松は「喜んで」しか言わないスタンスらしい。

チョロ松に、部屋の奥へ通されると、そこにはおそ松、カラ松、トド松の三人が待ち構えていた。

おそ松は部屋の奥へ座布団を敷き、揉み手をして言った。

「いやー、よくいらっしゃいましたね。どうぞどうぞ。きったない部屋ですけど」

「いや、おれの部屋でもあるんだけど」

「あ、のど渇きましたよね？　コーラいります？　飲みかけですけど」

「それおれのコーラだよね？　なに勝手に飲んでんの？」

「よろしければこれも。薄汚い猫ですけど」

「おれの大事な猫だけど。薄汚いとか言わないでくれる？」

一方、十四松も負けじと一松を接待する。

「おなかすいた？　すいたよね！　はいこれ！　すごいまずいクッキー！」

「それこの子のキャットフードなんだけど」

「食べる!?」

「食べないよ。十四松は食べるの？」

「喜んでー！」

「食べるんだ」

するとと、一松は右肩に重みを感じ、そちらを見る。

「うふふ、お客さんいい男じゃない？」

いたのは、女装したトド松だった。

メイクを決め、髪を高く盛り、どこから借りてきたのか光沢のあるパーティドレスに身を包んでいる。絵に描いたような夜の蝶（ちょう）である。

磨（みが）いたグラスを一松の前に置き、麦茶をとくとくと注ぎながら言う。

「ふふ、どちらから来られたんです～？」

「お前と同じとこだよ」

「へぇ～。どんなお仕事をされていて？」

「無職だよ。喧嘩（けんか）売ってんの？」

完全にキャバクラだが、何かがおかしい。

一松は今度は逆方向、左肩に重みを感じて振り返る。

「どうも……カラ松です。今夜は最高の夜にしようぜ……」

低音の響くムーディーな声音。こちらも光沢のある細身の白スーツに身を包み、いつものサングラス、ジュリーばりのキザなハットを身に着けていた。

深いボルドーの液体（※ぶどうジュース）が入ったボトルを机に置き、カラ松は薄い笑みを浮かべながら、一松の首に腕を回す。

「この芳醇なワイン（※ぶどうジュース）でオレを酔わせてみるかい……？」

「命が惜しかったら今すぐその腕をどけろ」

人殺しと遜色ない目で睨む一松は、カラ松に対してはやはり人一倍厳しかった。

一松の人権は、日に日に重みを増していく。

それにつれ、一松の意識も負けじとやんごとなくなっていった。

一つ屋根の下で6つ子が暮らしていれば、当然いくつも不自由は出てくるものだ。

そのうちの一つが、TVのチャンネル権争い。

「今夜は特番の『激録！　ハードボイルド24時』で問題ないな？」

兄弟五人が集まった部屋で、カラ松がリモコンを操作し、チャンネルを変えた。

「えー、ボク連ドラみたいんだけど」

それに不満を漏らしたのはトド松だ。

「バイト先で話が合わなくなるから困るもん」

そう言ってリモコンを取り、すぐさまチャンネルを変える。

「待って待って、僕、歌番組見るって決めてたんだけど。今夜はアイドル総出演のスペシャル版なんだよ」

今度はチョロ松がまたリモコンを奪うが、

「侍ジャパンの試合はー!?」

その背後で両手を上げ、十四松が異議を呈した。

ゴールデンタイムともなれば、チャンネル争いは熾烈になる。

意見が二つ、三つに分かれる程度なら妥協点も見つけやすいが、今回のようにバラバラになると事態はこじれる。意見を主張することだけは一丁前の6つ子ゆえ、最終的には拳という名の肉体言語で決着をつけることになる。

今夜もそのパターンかと思われたが、

「もー！　わかったわかった！」

満を持して仲裁に入ったのがおそ松だ。やれやれと言った調子で、

「毎晩毎晩、お前らも学習しろよー？　じゃあここは間をとって、俺が見たい競馬チャンネルを――」

「「「「くたばれ！　今すぐ！」」」」

やっぱり今夜も同じパターンだった。

そして五人が取っ組み合いを始めた瞬間。

「……」

すらりと音を立てて、猫を片手に抱いた一松が部屋へ入ってきた。

その頭には、段ボールと金の折り紙で作った王冠が載っている。

「「「「「!!」」」」」

ぴたりと動きを止める五人。

一松は部屋へ入るなり、ほかの兄弟たちを睥睨しながら言った。

「今夜は、『ウキウキ動物園スペシャル――ねこは世界を救う』だから」

五人は互いに顔を見合わせると、しずしずと一松にリモコンへ向かう道を開ける。

「一松くん、どうぞ」と、おそ松。

「ここは譲ろう……一松卿」と、カラ松。

「課長」と、チョロ松。

「上様」と、トド松。

平身低頭し、それぞれなりの敬称で一松にかしこまる。十四松にいたっては、「ホームラン王！　ホームラン王！」とリズミカルな手拍子で迎え入れた。

「苦しゅうない」

一松はそう言うと、五人が作る道を悠然と歩き、当然のようにチャンネル権を得たのだった。

◇

朝のトイレの順番待ちも、松野家の名物である。

家族は多いが、トイレは一つ。

そのため、扉の前には同じ顔をした兄弟が鈴なりになるのだ。

「おーい。カラ松まだー？」

列の先頭のおそ松が痺れを切らせて言った。

「フッ……まだだ……」

「カッコつけてる間に出てこいよ！」

おそ松の頭越しに、後ろのチョロ松がイライラをぶつけた。

すると。

「……っ！　…………っ！」

「カラ松兄さん早く！　十四松兄さんが限界きてる！」

最後尾のトド松が、内股をもぞもぞさせながら顔面を真っ青にする十四松に気づいて、警鐘を鳴らした。

「そ、そんな急に言われてもだな……！」

トイレの中で焦るカラ松。

どれだけ男を磨いても、下のコントロールだけはどうにもならない。

十四松も冷や汗を流しながら必死に耐えるが、

「……マッスルマッスル……！　ハッスル……ハッスル……っ！」

「十四松兄さん落ち着いて！　今はハッスルもマッスルもしちゃダメ！」

トド松が十四松の背中に手を当てて、最悪の事態を回避しようと声をかける。

「……」

そこへ現れたのが一松だ。

トド松のさらに後ろから、王冠を頭に載せ、古いカーテンで作ったマントを羽織って、
平安貴族のようなすり足でやってくる。胸には猫を抱いていた。

緊張が走る。兄弟たちは迷いながらも、トイレへ続く道を譲った。

しかし、十四松は動けない。プルプルと震えながら、すがるように一松の顔を見る。

たまらずトド松が進言した。

「上様！　十四松兄さんをお助けください！」

チョロ松も十四松のために頭を下げる。

「部長！　ここはお目こぼしを！　弟が苦しんでいるんです！」

「一松くん！　弟に恥をかかせないでくれ！」

おそ松もそう言って、兄弟一丸となって十四松を守ろうとする。

「苦しゅうない」

一松は低い声でそう言うと、抱いていた猫を離した。

すると猫は一目散にトイレの扉へ走り、ドアノブに飛びついた。さらに一松はパチン、と指を鳴らす。途端に、どこからか一匹、もう一匹と猫が増えていく。窓から、玄関から、次々と侵入し、大挙してトイレのドアを破ろうと殺到する。

「な⁉　なんだ⁉　やめろっ⁉」

トイレの中の窓が割れる音がした。カラ松が驚いた声を上げる。

どうやらトイレ内にも猫が押し寄せ、カラ松に飛びかかったようだ。

「待ってくれ！　アウチッ⁉　痛い！　痛いっ！　やめてくれっ⁉」

ガチャッ！　と勢いよくトイレのドアが開き、野良猫を山のように背負ったカラ松が、ズボンを半分おろした状態で逃げ出してくる。

「NOOOOOOOOOOO――⁉」

そのまま雄たけびを上げながら、玄関から飛び出していった。

「……」

それを見送ると、一松はまるで救世主が民を導くように、すっとトイレのドアを指さした。十四松を見て、ゆっくりと頷く。

「さ、三冠王ゥゥゥ――！」

救われた顔の十四松は無人のトイレへ駆けこみ、事なきを得た。

「おお、一松くん……」

「上様……」

「CEO……」

兄弟たちから称賛(しょうさん)の視線を浴びる一松。

——ノブレスオブリージュ。

高貴なる者は、その身分に応じて、下々(しもじも)の者に対し果たさねばならぬ義務や責任がある。

貴族としての、当然の振る舞いである。

もはや一松は、それほどの高みに達していたのだ。

思えば、苦労の絶えない人生だった。

兄弟といえば、長男が不遇というのが定説だ。

「お兄ちゃんだから我慢しなさい」「弟の面倒(めんどう)を見なさい」。そう言われて、弟のできた瞬間から、甘えを許されない境遇へ押しやられる。が、こと6つ子にいたっては、最も不遇なのが四男である。

上三人からはうまく使われ、下二人の面倒も見なければならない。

長男の無責任さが輪(わ)をかけて、真ん中の四男は板挟(いたばさ)みになるのだ。

いわば中間管理職。

そんな調整役なんて、一松はとりわけ向いてないにもかかわらずだ。

だからこそ、そのしがらみから解放され、最上位者になった時、初めて経験する見晴らしの良さに、一松は快感を覚えていた。

「ふふ……やればできるじゃないかあいつら……」

帰宅した一松は、玄関でスニーカーを脱ぎながら、くつくつと笑みを漏らす。

「あいつらに守れるものと言えば童貞くらいだと思っていたが、人権も守れるじゃないか」

するとそのタイミングで、おそ松が廊下を通りかかる。

「ああ、ただいま」

目が合ったので、挨拶をする一松。だが、

「あ、ども…………スマセン…………」

おそ松は恭しく視線を逸らし、曖昧に頭を下げて通り過ぎていく。

「……」

その背中を見送る一松。

すると、その後からチョロ松が現れる。

「ああチョロ松兄さん。ただい――」

「しゃす………」

が、おそ松と同じように通り過ぎる。

その後トド松が現れても、

「トド松、この間借りてた漫画だけど――」

「……っすー………」

まるでそれほど会話しない上司とばったりトイレで隣になったようなよそよそしさで、兄弟たちは通り過ぎていった。

◇

兄弟たちから歪んだ敬意の雨を浴び続け、一週間がたった。

普段の気兼ねない関係をねじ曲げて、無理に一松を持ち上げた結果、双方の対応がおかしくなって混沌の様相を呈していた。

「……」

一松は一人、夕暮れの街を歩いていた。

今日も敬称で呼ばれた。夕食のから揚げは一番大きいのを譲られた。

移動は神輿で運ばれたし、しまいには朝起きるたび膝をついてお祈りされた。

確かに当初の目的は果たされた。十分に人権は守られたはずだった。

「……」

でも本当にこれで良かったのか、一松は疑問だった。

本当にこれで良かったなら、どうして気持ちが満たされていないのだろう。

どうして心にぽっかりと穴が開いたような気がするのだろう。

手には、トド松に借りて読み、面白かった漫画の単行本。

面白かったところを話したいと思ったのに、できなかった。

払われる敬意が高まれば、行きつく先は断絶だ。

高貴な人物に気安く関わるなどもってのほかで、よそよそしく、遠巻きに、極力お近づきにならないことが、最高の敬意の表し方だ。

陽が落ちた。

寒風が吹いて、肩をすぼめてパーカーのフードをかぶった。

師走の街は騒がしかった。クリスマスソングがあちこちから聞こえて、街路樹にはイルミネーションが輝いていた。行き交う人も、車の数も多い。でも、誰もが自分のことばかりに忙しくて、他人に構ってなどいられないように見えた。

「今年もクリスマスか……クソッ」

人の数は多いのに、みな足早で、そこには繋がりも温もりもない気がした。

いつもの路地裏へ入って野良猫をなでても、どこか満たされない。

今夜は一段と冷える気がした。

——家に帰ろうか。

でも、家に帰っても、また恭しく迎えられるだけ。

何かが違う。ずっと一緒にいた兄弟なのに。

自分の背中を通り過ぎていく見知らぬ誰かと、それは変わらないように思えた。

「……淋しいな」

ぽつりとこぼしたのが自分だったことに、一松はしばらく気づけないでいた。

狭い路地裏では、小さな声でもやけに響いた。誰もいないのに周囲を見回して、恥ずかしいのか、情けないのか、よくわからない気持ちになる。

一松はまたフードを深くかぶって、自分の言葉をごまかすように猫をなで続けた。

その時、小さく、靴が砂利を踏む音がした。

しかし、音は本当にかすかで、一松の耳には届かなかった。

「ったく……」

路地裏の一松の様子をずっと誰かが見ていたことも、一松は気づかなかった。


「……ただいま」

その日、ずいぶん遅く一松は家へ帰った。

部屋へ入ると、おそ松が中心になり、兄弟五人が車座になって何かを話し合っていた。

「おお、おかえり一松くん」

おそ松がそう言うと、みんな口々におかえりを言う。

「……何話してたの」

そう聞くと、兄弟たちは互いに顔を見合わせ、複雑そうな顔をする。

「まあ、はは、なんでもないよ！」

トド松がごまかし笑いを浮かべて、そう言った。

「……別にいいけど」

一松は答えると、黙って布団(ふとん)を敷き始めた。

聞く気はない。聞いても答えは返ってこないと思った。

兄弟たちも遅れて就寝(しゅうしん)の準備をし、その日は早く消灯した。

◇

翌朝。

窓から漏れる朝陽(あさひ)を浴びて、一松は目を覚ました。

どこか気持ちが落ち着かなくて、昨夜はよく眠れなかった。

「……はぁ」

つい溜息(ためいき)が漏れる。

「ん……あぁ……」

すると、誰かが目を覚まし、伸びをする声が聞こえた。

最近の兄弟たちは、起きた順に一松に向かってお祈りを捧(ささ)げるのが習慣だった。

だから一松は起き上がるのも億劫(おっくう)で、寝たふりを決めこんだ。

――すると。

「――んはぅうぅッッ!?」

苦悶の声を上げたのは、誰でもない、一松だった。

「あ、ごめん一松」

そっけなく言ったのはおそ松。

寝ぼけ顔のおそ松は、フラフラ立ち上がったかと思えば、寝ている一松の鳩尾をかかとで思い切り踏みつけたのだ。

「お、おま……！　いきなりなにをっ……！」

文句を言おうとするが、

「――んふごッ⁉」

また苦悶の声を上げる。

「ごめん一松兄さん、ついうっかり」

今度はトド松。

平然と一松の顔面を踏みつけておいて、さして悪いと思っていない風に軽く言う。

「トド松……っ！　ひ、人の顔面を――ふぉぐンッッ⁉」

そこからの一松は、フロアマット状態だ。

「んごッ⁉　ふぐッッ⁉　――へごぉぉぉッッ‼?」

カラ松、チョロ松、十四松の順で、まるで決まりごとのように一松の首や股間など、急所を的確に踏み抜いていく。

何ならすでに通り過ぎたおそ松やトド松まで、一周回って改めて一松を踏んでいった。

「……がっ……はぁ……はぁ……お前らなんなの⁉　わざわざ人踏んでくなよ⁉」

「はぁ？」

それに応じたのはチョロ松だ。

「いつまでも寝てるのが悪いんでしょ。早く起きろよ一松」

「……え？」

一松はふと気づく。

呼び名が違う。

チョロ松だけじゃない。おそ松もトド松も、兄弟みんながそうだった。

『一松くん』でも、『上様』でも、『ＣＥＯ』でもなく。

ただ一松と。

十四松が、あはは、と笑いながら飛びかかってくる。

「一松兄さん！　今日の朝ごはんはキャットフードね！」

「はぁ⁉　なに言ってんの十四松⁉」

「あはは！　ほらほら！」

「ふごっ⁉　ふごごごっ⁉」

一松は、十四松にキャットフードを口いっぱいに詰めこまれ、窒息（ちっそく）寸前になる。

「なんなの⁉　なんなのお前ら⁉」

耐えかねた一松はキャットフードを弾丸（だんがん）のように吹き出し、立ち上がって大声を出す。

「おれを誰だと思ってんの⁉」

すると。

兄弟たちはまるで示し合わせたようにお互い頷き合って、言った。

「「「「一松（兄さん）だけど？」」」」

「……！」

当たり前のことだった。

何も変わったことは言っていない。

だけど一松は、その当たり前がとても心地よく感じた。

「し……知ってるよ」

ただその分気恥ずかしくもあって、顔を見られないよう下を向く。

その姿が微笑ましくて、小さくなる弟の肩にすっと腕を回したのはカラ松だった。

「フッ……一松、照れてるのか？　オレたちは兄弟だ。裸になってぶつかっ――てぇぇぇ
えええええ‼⁉」

「消えろクソ松がぁぁぁあああああああ！」

一松はカラ松の腕を取り、力いっぱい背負い投げを放つ。

「あああぁぁぁぁぁあああああ――――――！」

ガシャン！　と激しく窓が割れ、カラ松はそこから家の外へ投げ出されていった。

「二度となれなれしく触んなクソが！」

そう吐き捨てた一松は、見るからに生き生きとしていた。

まるで水を得た魚。あるべき姿に戻った、そんな風に思わせる表情だった。

「よーし！　じゃあ会議始めるかー！」

おそ松が布団の真ん中にあぐらをかいて座り、弟たちにも座るように促す。

「会議？　……って何の？」

おずおずと一松が尋ねる。

「クリスマス撲滅会議に決まってんだろー！　さあ、今年の聖夜をどうやって台無しにするか各自意見な！　早く座れよ一松！」

「……！」

兄弟が布団の上で車座になると、途端にわいわいと意見が飛び交う。

議論は昼過ぎまで盛り上がり、昨日までのよそよそしかった空気が嘘のようだった。

「打倒リア充ー！」

「「「「打倒リア充――――！」」」」

おそ松のかけ声で一体になる松野六兄弟。

ひたすら愉快な、いつも通りの光景だった。

02

十四松、YOUTUBERになる

LIGHT NOVEL
OSOMATSUSAN
ATOMATSU

休日の商店街は人通りが多く、歩いているだけで適度な刺激が得られる。何もない部屋で惰眠を貪るよりは有意義と、おそ松とカラ松は、商店街へ散歩に出ていた。

「やー、金がないね」

今日は寒いね、くらいのあまりにも慣れた物言いで、おそ松は呟く。

「ああ、金は……ないな」

カラ松も答える。

ちなみにこの会話に意味はない。

彼らにとって「金がないね」は、当然すぎて、もはや挨拶と同義だった。

「はぁ、どっかに遊んでるだけで金がもらえる仕事ないかなー……」

二人はそのままそぞろ歩いて、電器屋の前で立ち止まる。

ショーウインドウには新製品らしい大型のＴＶが置かれていて、見慣れたワイドショーが流されていた。

最近話題の事柄を取り上げるコーナーの時間らしく、画面には大きなテロップで、『話題のユーチューバーとは⁉』という文字が躍っていた。

「「ん？」」

二人はついそれに見入ってしまう。

画面では、えらく陽気な成人男性が大写しになっていた。

ＴＶで見かけるお笑い芸人というわけでもなく、どこか素人臭さを残した男だった。陽気さだけが取り柄のようなその男は、裸でコーラ風呂に入って大袈裟なリアクションを見せたかと思えば、自宅の玄関でケチャップ塗れになり、死体のふりをして帰宅した同居人を驚かせていた。

特に驚くような芸ではない。一見すれば遊んでいるだけのようにも見える。ただ、体を張った姿は刺激的で面白いと思えた。

遊んでいるだけで金がもらえる仕事。

そんな夢のような仕事、どこにもあるわけないと思っていた。

「……！」

ごくりと唾を飲む音が聞こえた。

それはおそ松のものであり、カラ松のものでもあった。

気づけば二人の視線は、画面の中のその姿に釘付けだった。

景気の良いナレーションが視聴者の興味を煽りたてる。

『彼は今大人気のユーチューバー！』

『なんと！　動画の総再生回数十億以上！』

『街を歩けば女の子にモテモテ！』

『そして想定年収……一億以上‼』

「「⁉」」

もう二人はなりふり構わず、ＴＶ画面にかじりついていた。

そして顔を見合わせると、同時に叫んだ。

「「これだ――――――――――――――――‼」」

早速おそ松とカラ松の二人は弟たちを呼び出して、公園に集合した。

「デカパンに相談したら必要な機械一式貸してもらえたぞ」

カラ松が肩にかけた大きなバッグをベンチの上に置いた。

撮影用ハンディカメラや動画編集用のノートパソコンなど、動画投稿に必要なものは揃っている。

「まあ、これならなんとかなるかな？」

デジタル機器に唯一詳しいトド松が、少し触ってみて、大体の操作方法を確認する。

「でも……この動画何かな？」

そしてふと、ノートパソコンにいくつか動画が保存されているのに気がついた。

動画ファイルをダブルクリックして再生してみる。

「何これ……？」

そこにはいつも通りパンツ一丁のデカパンがいた。ただおかしかったのは画面に流れるコメントに指示されるまま、煽情（せんじょう）的なポーズをとっていたことだ。きわどい位置までパンツを下ろしては焦（じ）らす。さらに恍惚（こうこつ）とした表情で、「おほほ、乗せ上手だスな〜」などと口走っていた。

カラ松が答えた。

「ああ、確か、生放送で〝女神〟？　とやらをしていると言っていた」

「……」

トド松は瞼（まぶた）を伏せると、「まあ深くは突っこまないでおこう」と見て見ぬふりをすることに決めた。この世には知らない方がいいこともある。

「——と、まあユーチューバーっていう夢のような仕事があるわけ！」

おそ松が弟たちに向かって、ＴＶで知ったばかりのユーチューバーという職業について説明した。

「一言で言えば、適当に遊んだり、物を粗末（そまつ）にしたりすることでお金がもらえる仕事！」

「ちょっとおそ松兄さん、本気で怒られるからやめて」

ある程度ユーチューバーについて知っているトド松が冷静に釘を刺した。

とはいえ、「楽に金が稼（かせ）げる」という甘い言葉には、乗せられるしかない6つ子たち。

興味津々（しんしん）でおそ松の話を聞き、まんまとやる気にさせられていた。

「で、具体的に何をやればいいの？」

チョロ松が言った。

当然、動画投稿サイトにアップするなら、何かを撮らなければ始まらない。

それがコンテンツ。

面白くなければ、誰にも見向きされないまま、広大な電子の海で孤独を味わうだけ。逆に面白ければ、世界中で話題になり、莫大な富が手に入る可能性もある。さらに地位や名声、そしてゆくゆくは童貞卒業という栄えある称号さえ手に入るかもしれない。

6つ子たちは夢想する。もはや石油王など古い。これからは動画王だ。ありあまる札束で、日陰続きだった人生に明かりを灯すのだ。

しかし彼らは目を見合わせ、考えこんだ。

肝心要の点なのに、どうやら具体的なアイデアはないらしい。

考え考え、やがてトド松が答えた。

「オシャレなカフェの食べ歩きとかどう？　美味しいランチとかかわいいスイーツとか紹介してくの！　楽しいし、きっと女の子には人気でるよ！」

「えー？　それつまんなくない？」

しかしおそ松の反応は芳しくない。

他の兄弟たちも同様らしく、まるで響いていない。

残念ながら、女子受けするかどうかがわかる繊細な感性を持ち合わせていたら、ここまで深刻な童貞にはなっていない。

「じゃあ他の案出してよ！」

トド松が口を尖らせて言うと、カラ松が「こんな案はどうだ？」と提案する。

「松野カラ松ディナーショー……。場所は一流ホテル……当然貸切だ。ワイン片手に軽快なトークとアコースティックギターの弾き語りをお贈りする。尺は5時間……いや、アンコールも合わせると10時間は超えるな。フッ、カラ松ガールズたちをたっぷり酔わせる完璧なプログラ――」

「「「却下」」」

「なぜだ⁉」

「クソ松は一生黙ってろ」「公園で野良犬相手にやってろ」「早く顔面にトラックが突っこめばいいのに」などと散々叩かれ、カラ松案は満場一致で一蹴された。

次に案を出したのは一松だ。

「じゃあ猫動画でいいんじゃない？　路地裏とかにカメラ置いといて、ずっと猫を撮り続ける」

「あ、それいいんじゃない⁉　猫動画は鉄板だよ！」

トド松が両手を合わせて太鼓判を押すと、一松は照れ臭そうに鼻の頭をかく。

「だろう？　ふふ、猫はいいからな」

でも急に真顔になって、

「ただ数分ごとにおれが耐えきれなくなって猫をなでに乱入する」

「そこ我慢して一松兄さん！」

「はい、じゃあ僕の案」

チョロ松が手を上げた。

「地下アイドル現場リポートとかどうかな？　いまだ知られぬ地下アイドルの世界をドキュメンタリータッチで映し出す」

兄弟たちの反応は悪くない。

「アイドルたちが夢を叶えていく姿を克明に映し出すんだ。きっと多くの人々の心を打つよ。そして僕たちみたいなファンがどれほどアイドルたちの支えになっているかを伝えたいね」

どんどん舌が滑らかになっていくチョロ松。

「そのためにはアイドルへの密着取材は不可欠だね。昼も夜も一緒だよ。自宅にも通って、僕だけにはプライベートも赤裸々にしてもらいたい。その結果としてアイドルとつながることもやぶさかではな――」

「「「「帰れー！　オタシコスキー!!」」」」

チョロ松に向かって乱れ飛ぶ石ころや空き缶。

結局、妙案は出なかった。

「やっぱり楽して儲けるなんて無理なんじゃない？」

チョロ松の意見はもっともだった。

「結局人に見られるものだから、いろいろ工夫して、よっぽど面白くしなきゃダメでしょ。売れてるユーチューバーはやっぱりすごいんだよ」

誰でもわかる正論に兄弟たちは考えこむ。

「それなりに努力しなきゃいけないってことかー……」

おそ松は難しい顔をして、ため息をつく。

「楽して儲けることもできないなんてこの世界も終わってんなー……」

終わってるのはどっちだろうか。

ただ、『楽して儲けたい』が出発点だっただけに、きわめて遺憾なおそ松である。

「そんな面白いことできるやつなんてそうそういるわけないし――」

やっと見つけた希望が潰えようとした時だ。

遠くから、「あははははははは！」と陽気な笑い声が聞こえてきた。

兄弟たちは一斉にそちらを振り返る。

「あはははははははははははははははははは！」

声の元をたどれば、道路沿いの川だ。

激しい水しぶきをあげながら、猛烈な速度でバタフライを繰り返す男。

――十四松。

五人は声を揃えた。

「「「「「いた――――!!」」」」」

◇

「え？　ぼくがゆーちゅーばーに？」

兄弟五人に取り囲まれ、「お前しかいない！」「こんな身近に逸材が！」「神様！」「十四松様！」と崇め奉られた十四松。

これほど兄弟の期待を集めたことがかつてあっただろうか。

動揺する十四松。

そもそもユーチューバーが何をするものかさえ知らない。

あまりに無茶な要求だ。誰だって簡単に受け入れられるわけがない。

「わかった！　ゆーちゅーばーにぼくはなる！」

この屈託のなさが十四松の持ち味である。

〝呼吸する核弾頭〟〝うっかり人間に生まれてきた太陽〟などの異名をほしいままにする十四松だ。

その笑顔と予想できない行動はきっと多くの人を楽しませるだろう。

途方もない期待感に五人は沸いた。

一攫千金のチャンスがこんなに近くに転がっていたのだ。

自分たちは動画王として未来を歩むのだ。

――そして6つ子の新たな人生とともにカメラが回り出す。

「よーし！　いいよ十四松！　一発面白いことやっちゃおう！」

チョロ松がカメラを構え、真正面から十四松の全身を捉（とら）える。

「えーと……」

しかし、カメラを向けられ、どこか心もとなげな十四松。

いつもの飄々（ひょうひょう）とした空気は消え、開きっぱなしだった口も閉じている。

他の兄弟たちは、カメラに映らないところから口々に声援を送った。

「十四松兄さん！　いつも通り面白い感じで！」

「十四松！　お前の面白さに俺たちの未来はかかってるんだ！」

「悪魔的なまでの面白さ……期待してるぞ……」

「お前の面白さで世界を驚かせてやれ！　十四松！」

これがお笑い芸人だったら失神しかねない。

無責任が徒党を組むとこれほど怖ろしいという良い例である。

「………！」

一方、やはり十四松の様子はおかしかった。

鏡で自分の姿を見たガマのように、だらだらと脂汗（あぶらあせ）をかいている。

持ち前の天真爛漫（てんしんらんまん）さは影をひそめ、ひたすら黙りこくる。

「「「十四松！」」」

「十四松兄さん！」

一方で、兄弟たちの期待は遠慮なくその双肩にのしかかる。

彼らはもう十四松の尻馬に乗り、豪遊することしか考えていないのだ。

「……えっと……」

ついに口を開く。

「…………えっと…………」

汗は滝のように流れ落ち、服をぐっしょりと濡らしていた。

唇が震え、瞳は縦横無尽に眼孔内を泳ぎ回る。

ぱくぱくと、金魚が餌をはむように口を動かすと、十四松は言った。

「猫が……」

「「「「猫が⁉」」」」

「猫が…………」

「「「「猫が‼?」」」」

「ねころんだ………………………………」

「「「「…………………」」」」

「ストップストップ！」

チョロ松が慌ててカメラを止めて言った。

「いやいや、そんなわけないよね？　今のは何かの間違いだよね？」

他の兄弟たちも聞き間違いか何かだと思ってフォローする。

「十四松、冗談はよせ」「気の迷いか？」「あの十四松兄さんがそんなつまらないこと言うわけないもんね」「逆に笑っちゃうよね」

もはや励まし(はげ)という名の暴力である。

やんやと言われるほどに、十四松の発汗量は増していき、ついに足元に小さな池ができはじめた。

そしてリテイク。

「さあ行くよ十四松……はい！」

チョロ松にサインを送られた十四松はまた口を開く。

「ふとんが……」

「「「「ふとんが⁉」」」」

「ふとんが…………」

「「「「ふとんが‼?」」」」

「たたまれた……………………………………」

「「「「…………」」」」

もはやダジャレにすらなっていない。

「朝かよ」「朝だな」「家事の一環(いっかん)」などの感想がもれたのもしかたがない。

カメラの前で硬直し、ぷるぷる震えることしかできない十四松。

さすがにおかしいなと、兄弟たちは顔を見合わせた。

「十四松……お腹すいた？」

一松がポケットからバナナを差し出しても、十四松は黙って首を振る。

「あの……十四松兄さん？　変だよ？　どこか具合悪いの？」

トド松が心配そうに声をかけるが、やはり十四松は首を振り、

「元気です……」

「敬語だ⁉」

明らかにいつもの十四松とは違っていた。

「じゃあちょっと休憩しようか？　十四松は疲れてるんだよ」

チョロ松がそう言って、カメラを下ろした。

すると。

「そうだね！　疲れてるかも！　あははは！」

突然目覚めたように十四松が元気になる。

どこからかグローブ二つとボールを取り出したかと思うと、「一松兄さん！　キャッチボールやろ！　キャッチボール！」と言って、肩から千切れ飛ぶんじゃないかというほど元気いっぱいに、腕をグルングルンと回した。

「⁉」

それを見て、咄嗟にチョロ松がカメラを構え直すと、

「…………あ…………あ…………」

「えー⁉　急にダメ⁉」

カメラを向けた途端（とたん）、十四松はまた固まり、壊れたおもちゃのようにカタカタ震える。

「……まあ、いいや。じゃあ休憩ね。十分後にまた始めよう」

チョロ松がそう言ってカメラの電源をオフにする。

するとまた十四松の死んだサバのようだった瞳に生気が宿る。

「休憩！　休憩！　あはは！　永遠に休憩したいね！」

テンションが急上昇し、ギュルルル、ギュルルルルルと体を錐（きり）もみ回転させて飛び回る。

これはいつもより余計に回っている。

「っ⁉」

それを見たチョロ松がとっさにカメラを構え直すが、

「…………あっ…………ぁ…………………」

ぷるぷると震え、棒立ちになる十四松。

「繊細かよ！」

どうやら十四松は、カメラで撮られていると普段通りにできないらしい。

ここにきて全員が理解した。

「まさか――十四松、プレッシャーに弱い？」

カラ松の洞察（どうさつ）通りだった。

というより、面白いことをしろと言われると、急にできなくなるタイプなのかもしれない。自然体が失われ、『らしさ』が欠片も残らない。

当初の目論見が外れ、おそ松はうーんと唸る。

「頼みの綱の十四松がこれだとな……」

「そうだね。考えが甘かったんだよ」

チョロ松もカメラを下ろして呟いた。

やはり、手っ取り早く儲ける方法などなかったのだ。

ユーチューバーは面白さが命。

面白くなければ再生回数など稼げない。

人気動画なんて一朝一夕に作れるものではなく、みな懸命にアイデアを練り、工夫を凝らして、相当な時間と手間を注ぎこんでいるのだ。

あまりにも当たり前の事実にぶち当たった6つ子たち。

一筋の光が見えかけたが、失意のうちに、十四松ユーチューバー化計画は終わりを告げた。

◇

その翌日。

「せっかく借りたカメラだし、なんか適当に撮ってみるかー」

今日も今日とて暇を持てあますおそ松は、デカパンのハンディカメラを片手に、また商店街へと繰り出していた。

「へっへー……」

普段こうした機械文明に触れることのないおそ松だけに、気分は良さげだ。

適当にボタンやスライダーをいじって、静止画を撮ったり、ズームをしてみたり、新しいおもちゃを与えられた子どものように上機嫌。

そして、レンズをぐるりと周囲へ向けてみたところ。

「……ん？」

偶然視界の端に映りこんだのは、十四松だった。

いつものように野球のユニフォームに身を包み、バットを肩に乗せて意気揚々と歩いている。

「……よっし」

どうせ用事もない。気が向いて、おそ松は普段の十四松がどうしているのか、尾行しながら撮影することにした。


まず十四松が足を向けたのは、美容室。

駅に近い、大きくはないが小洒落た店だ。

「あれ、どうしたのおそ松兄さん？　カメラなんか構えて」

「ん？　なんだトッティか」

店に入った十四松を見送ったところ、背後から声をかけられ、おそ松が振り返る。そこにはトド松の姿があった。

トド松も例に漏れず、暇が高じて散歩しているところだったらしい。やることもないので、そのままおそ松と合流する。

「へー、十四松兄さんってこんなところへ散髪に来てるんだ」

「意外だよな」

二人は並んで店の外から、ガラス越しに散髪台に座った十四松を撮影する。

新鮮な気持ちだった。

思えば、こうして十四松の日常を観察することなどなかった気がする。

換気のために開けられた窓から、中の会話が聞こえてきた。

「今日はどうなさいますかー？」

若い男の美容師が、笑顔で尋ねる。

十四松の視線は、目の前の壁にかけられたサービスメニューに向けられていた。そこにはこう書かれていた。

カット　　¥2800
カラー　　¥5800~
パーマ　　¥6000~

ストレート　¥12000～
セット　¥3000～

「……？　……？？」

十四松は必死に頭を働かせて、書いてあることを読み取ろうとする。

どうやら初めてメニューを見たらしい。

この店も別に行き慣れたところではなく、飛びこみで来たようだ。

「カラー……？　セット……？」

美容院のメニューは、説明がないとなかなか初心者にはわかりづらい。

何しろ単語しかない。わかるでしょ、という空気がすごい。

なんとなくしか理解できないかわいそうな童貞も、この世にはいるというのに。

しかし十四松もやがて自分なりの文脈で読み解くことに成功する。

「カット……！　ストレート……！」

ぱっと顔を輝かせる。完全に自分のものにしたようだ。

「どうされます？」

「スライダーで！」

「スライダー……!?　そんなメニュー、当店には……」

「じゃあツーシーム！」

「ツーシーム⁉」

十四松が放つトリッキーな注文に困惑する美容師の男。

それを外から見ていたおそ松たちは呟いた。

「まぁ、そうくるだろうな」

「それ以外ないよね」

何ということもない。

とはいえ美容師もプロである。不可解な客の注文に翻弄されつつも、整える程度に髪を切り、仕上げの段階に入るとまた尋ねた。

「もみあげは自然な感じで良いですか？」

「不自然な感じで！」

「不自然に⁉」

すると店の外では淡々と、

「そう言う以外ないもんな」

「普通すぎてつまんないね」


その後も、十四松はマイペースに街を徘徊した。

汚れた軍手を道路の端へ丹念に置いて回ったかと思えば、河川敷の草むらにそっと読み古したエロ本をしのばせた。

公衆トイレを巡回し、個室の壁に適当な電話番号を書き残していったりもした。

「へー、あれ全部十四松兄さんがやってたんだ」

町でよく見るこれらすべてが、十四松の仕業だったという驚くべき事実を目の当たりにした二人だったが、

「でも別に面白いことはないな」

「普通だね。十四松兄さんだもん」

特に感慨を抱くこともなく、機械的にカメラを回すのみだった。


日暮れ近くなると、十四松は河川敷へ行き、一人で素振りを始めた。

「ふんぬっ！　ふんぬっ！」

延々と。

何が楽しいのかわからないが、一心不乱に振り続ける。

汗が散り、舞った滴が陽光を反射して、きらきら光った。

これが高校球児なら、そのひたむきな姿に胸を打たれるところだろう。

しかし十四松には大会の予定もなければ、そもそもどこのチームにも所属していないし、
それどころかまともに野球の試合に出たことさえない。

「ふんぬっ！　ふんぬっっ！」

この情熱がどこからやってくるのか謎である。

「まあ、いつも通りだよな」

「そうだね」

やはり何の感慨もなく見つめるおそ松とトド松。

その後も素振りを続ける十四松だが、やがて状況が変わり始める。

十四松の素振りの速度が上がっていった。一振りごとに着実に。

「ふんぬっっ！　ふんぬっっっ！」

気づくと、十四松の足元の雑草がざわざわと揺れ始めた。

小石が転がり、10フィートほど離れた川面がさざめきだした。

その中心にいるのは十四松。素振りの速度はすでに肉眼で捉えられないほどになっていた。もはや小型の竜巻だ。

回転する十四松は人の姿を失って、周囲の草や小石や空き缶を巻きこんで、いつしか地上を離れた。そして轟音とともに、天高くへ消えていく。

平然とそれを見送り、おそ松とトド松は呟いた。

「んー、今日イチ普通だな」

「ねぇねぇおそ松兄さん、ボク眠くなってきたからもう帰ろ？」

◇

「やっぱ特に面白いことはなかったなー」

「そうだね、簡単に面白い動画なんて撮れっこないんだよ」

家へ帰ったおそ松とトド松は、のんびりと感想を言い合った。

撮影できたのは、美容室へ行った十四松と、町にいろんなものをばらまく十四松と、回転しながら大空へ消える十四松くらいだ。

これでは普通すぎて、とてもユーチューバーとしては通用しない。

「まー、暇つぶしになったから別にいいけど」

「そうだね。でもせっかく撮ったから何かに使いたくない？」

「うーん、確かにそうだなー」

二人が部屋へ入ると、十四松以外の兄弟たちが顔を揃えていた。

「あ、チョロ松」

「なに？」

「お前こないだネットに動画上げる方法覚えたって言ってたよね。これ、十四松撮ってきたから上げてみてくんない？」

「え？　十四松を？」

「そう。まーいつも通りだから普通なんだけど」

「デカパンのとこ行けばできるけど、でも普通なんでしょ？」

「まーね。でもせっかくだからさ」

「ふーん。どうせ暇だから別にいいけど？」

チョロ松はそう言うと、「一応どんなのか見せて」と、おそ松からカメラを受け取った。

再生ボタンを押し、小さなディスプレイで十四松の日常風景を最初から眺める。

興味を持ったカラ松や一松も、その後ろから覗きこんだ。

動画を最後まで確認すると、カラ松が言った。

「確かに面白くはないな」

「ああ……いつも通り」

一松も同意見らしい。

しかし、チョロ松だけは引っかかりを覚えた顔をする。

「普通……普通…………なのかなこれ？」

もう一度再生した動画では、トルネードと化した十四松が河川敷から大空へ飛び立っていた。

「普通………………なのかなこれ？」

首を傾げる。

よくよく考えると、これは普通で片付けていいものなのか悩んでしまった。

「人間って、回転しながら大空へ消えるものだっけ？」

「は？　何言ってんのチョロ松。こんなの普通じゃん」

しかしおそ松がバッサリ切り捨てた。

「え、でも……」

人間って飛べたっけ？　飛べないよな？

でも気持ちしだいで飛べるのかな？　人間諦めなければ何でもできるしな？

僕の意識が低いの？

いや、そもそも人間ってなんだっけ？　普通って何？　人と同じじゃなきゃいけないの？　僕は誰？　人はどうして生まれてきたの⁇

チョロ松は深みにはまっていく。

その時だ。おーい――チョロ松兄さん――おーい――。そんな声がどこからか聞こえた。

十四松の声だ。しかし部屋を見回してもどこにもいない。首を傾げながらチョロ松はカメラのディスプレイに目を落とした。

『おーい！　チョロ松兄さーん！　こっちこっちー！』

「はぁ⁉」

ディスプレイの中から十四松が手を振っていた。

『あははは！　なんで驚いてるのー？』

「そりゃ驚くよ！　なに画面の中から話しかけてきてんの⁉」

撮影された過去の映像のはずである。なのに十四松は夕暮れの河川敷をバックに陽気に手を振ってくる。

「やっぱりおかしいよ！　ほらトド松！　これ！」

「えー？」

チョロ松に促され、トド松はディスプレイを覗きこむ。十四松は当然のように『トド松ー！』と手を振った。

「別に普通じゃない？」

「普通じゃないよ！」

「あのさ、たとえばだよ。毎朝知らない人がただ顔洗ったり歯を磨いてる動画見せられて面白いと思う？」

「思わないけど」

「それと同じだよ」

「いや違うでしょ⁉」

いまいち釈然としないチョロ松。

確かにトド松の言う通り、これは十四松の取るに足らない日常かもしれない。

「気の迷いだチョロ松」

カラ松もギターをかき鳴らしながら首を振る。

一番気が迷っていそうなやつがそう言うから、やはり自分は正気じゃないのかもしれない。

「なに、お腹すいたの？」

一方、一松は執拗に空腹に原因を求めてくるので、チョロ松も半分面倒臭くなって、ようやく納得した。

「……そうだよね。あまりにありふれた光景だもんね。普通普通。全然面白くないよ」

それを聞くと、おそ松たちも満足そうに頷（うなず）いた。

合点（がてん）のいったチョロ松は、よっと、膝（ひざ）をついて立ち上がる。

「じゃ、僕デカパンのとこ行って、これネットに上げてくるよ。本当に普通だけど」

「頼むよチョロ松。記念だからさ。死ぬほど普通だけど」

「わかった。行ってくるよ。でも本当に普通だよね」

そうしてこの日、十四松の動画はネットにアップされた。

十四松の生態が世界中に解き放たれたのだ。

その後はまるで興味を失った6つ子たち。誰も映像の行く末など気にしない。

再生回数で儲けようという当初の目論見も完全に頭から消えていた。

だからそれが、

『Japanese　UMA!?』

『UNBELIEVABLE!!』

『誰だこいつは!?』

『金ならいくらでも出す！　投稿者を捜せ！』

世界中で騒がれ、奇跡の動画として驚くべき再生回数を記録したことなど知る由（よし）もない。

トッティ、口内炎になる

「あー！　痛い――――！　死ぬ――!!」

トド松の悲鳴が、早朝の穏やかな空気を切り裂いた。

同じ布団で寝ていた兄弟たちが次々に目を覚ます。

「……えっ、イタい!?　オレは何も言っていないが……!?」

まずはカラ松が飛び起きて、被害妄想を爆発させた。悲しい性である。

「んー……？　なにトッティ……？」

「何時だと思ってんの……」

続いて、おそ松、チョロ松が目をこすって起きだした。

「いたいー！　死んじゃうよ――――！」

トド松はさらに声高に叫び、足をバタバタさせて布団を跳ね上げる。

この様子は尋常じゃない。

最初の悲鳴で反応しなかった両端の一松、十四松も起きだした。

「どうしたトド松？」

「トッティ!?　大丈夫!?」

「もうやだー……なにこれー……」

口を押えてうずくまるトド松。それを五人で囲み、様子を見守る。

あまりの痛がりように、「救急車呼んだ方がいいんじゃない？」「いやまだ何が起きたかわからないし」と心配そうに相談し合う。

「トッティ、ちょっと見せてみて。ほら」

チョロ松が顔を覗きこんだ。

「うー……」

するとトド松は涙を浮かべながら、顔を隠していた両手を離した。

「あーん……」と、チョロ松に向かって口を開ける。

「ああ……これは口内炎だね」

「そんなことか……」

真っ先に一松が舌打ちをし、ごそごそと布団に潜りこんだ。

ほかの兄弟たちも肩透かしをくらった気分で、一気に脱力する。

「こうないえん……？　コウナイエンってなに……？」

しかしまだ目の端に涙を浮かべたままのトド松。

「え、知らないの？」

よくわかっていないらしい弟に、チョロ松はわざわざ床に落ちていたチラシを取り、その裏に『口内炎』と書いてやる。

それを見たトド松は、さぁっと青ざめた。

「なにそれ！　炎って字入ってるじゃん！　死ぬ！」

「死なないって」

「だって口の中燃える病気じゃんそれ！」

「燃えないから！」

「うわー！」とまた足をばたつかせて叫ぶトド松に、そろそろチョロ松も面倒臭くなってくる。

「口内炎で死ぬやつなんかいないから。放っときゃ治るって」

「わかんないじゃん！　虫歯で死ぬ人もいるって言うし！　口内炎の方がどう見たって凶悪な名前じゃん！」

「字のインプレッションで危険性決めるなよ！」

「でも痛いのは確かなの！　死ぬ――！」

「はぁ……」

溜息をついたチョロ松だけでなく、兄弟皆が冷めきった目をしていた。

口内炎。

まさか口内炎ひとつでここまで大騒ぎする人間がいるとは思わなかった。

おそ松が布団に潜りこみながら当てこすりを言う。

「栄養不足が原因って言うじゃん？　いいもん食ってないからなるんだよ」

「食べてるものは同じだよ！」

「じゃあ罰（ばち）が当たったんだよ。お前裏表あるから」

「裏も表もクズな人が言わないでよ！」

　何を言っても、トド松の不安は消えない。

「ああ……ボクはもう死ぬんだ……」

　ずずっと鼻をすすり、

「……手紙書いて」

「は？」と、おそ松。

「だから手紙書いて。励（はげ）ましの手紙」

「はぁ!?」

「今まで喧嘩（けんか）ばかりだったけどずっと大事に思ってたとか、本当はもっと可愛（かわい）がりたかったとか、そういうのあるでしょ。もう隠さなくていいから。打ち明けて」

「打ち明けないよ!?　思ってないし！」

「いいから。したためて」

「したためない！」

「……あとフルーツの盛り合わせ」

「なんで!?」

「……え？　逆になんで？　こっちは生死の境（さかい）さまよってるんだよ？　盛り合わせて」

「盛り合わせてってなんだよ！」

「ボクのことが可愛くないの⁉　末っ子だよ⁉　生まれた時みんなでかわるがわる抱っこして笑顔になったの思い出して⁉」

「俺たちほぼ同時に生まれてるからね⁉」

　ついに記憶まで改ざんしだしたトド松。

　引き気味のおそ松は、溜息混じりに言う。

「あのさ、トド松は自分可愛いばかりにちょっと大げさなんだよ」

　末っ子らしいと言えば聞こえは良いが、この末弟（まってい）はあざとすぎる。その立場を利用して、兄を都合よく動かそうとする悪どさすら見せることがあった。

「あー！　食い止めて！　早くボクが死ぬのを食い止めて！」

　しかしトド松の暴走は止まらない。

「いいの⁉　ボクが死んだら兄さんたち一生童貞（どうてい）だよ⁉　希望の光が消えようとしてるんだよ⁉　いいの⁉　知らないよ⁉」

　無反応を貫（つらぬ）く五人。

　トド松はさらにヒートアップする。

「本当にいいの⁉　このままだったら兄さんたち全員誰にも愛されないみじめな芋虫（いもむし）として一生を終えるんだよ⁉　芋虫エンドだよ⁉」

　アピールが高じて、ついに兄をなじりだす。

　人はここまで必死になれるものなのだろうか。

さすがに見かねたカラ松が言った。

「トッティ、ただの口内炎で騒ぐなんて男らしくないぞ？」

「カラ松兄さんはなったことないからわかんないんだよ！」

「あるさ」

「え？」

「あるさ。オレだって。口内炎くらい」

「ほん……と……？」

「ああ。だがオレは死んでいるか？」

カラ松は両手を広げ、穏やかな眼差しをトド松に向ける。

「……生きてる」

「だろう。オレは生還者だ。日頃鍛えた肉体と、強じんな精神が口内炎を退けた。だからお前にだってできる」

「ボクにも……？」

「ああ。お前はオレの弟だろう？」

「カラ松兄さん……」

二人の間に、唐突に生温かい空気が流れる。

勢い余ってキラキラと星が瞬くような音まで聞こえた。

気持ち悪いことこの上ない。

カラ松はトド松を見つめ、その手を取ると、心をこめて言った。

「だからトッティ……お前に彼女ができたら、オレに一番に、その可愛い友達を紹介してくれ……！」

「結局それかよ！」

すぐさまチョロ松の突っこみが飛んだ。

「汚ねえぞカラ松！　自分ばっかり！」

おそ松も、黙ってられないとばかりにカラ松に飛びかかる。

「別にそんな下心なんて……！　オレはただ弟のことを思ってだな……！」

「絶対嘘だろ！」

おそ松、チョロ松、カラ松の三人で取っ組み合いになる。

「あははは！　ぼくもやるー！」

さらに十四松まで参戦し、収拾のつかない事態に。

「あ……あ……」

それを見ていたトド松が途端におろおろし出す。

そして慌てて膝立ちになり、すがるように四人に手を伸ばして叫んだ。

「待って！　ボクのために争わないで⁉」

「いい女気取りかよ！」

チョロ松が目を剝いた。

もはや気分は完全にヒロインである。勝手に始めた兄弟喧嘩を、瞬時に愛される自分を演出するための舞台装置に組みこむなど、並の自分大好き人間にできることではない。

まさに悪魔の狡猾さ。

普段からちらついていたトド松の自分可愛い精神は、口内炎という命の危機に瀕し、もう一段上へと進化を遂げようとしていた。

しかし、これは序の口にすぎなかった。

結局、トド松の口内炎は一日足らずで治った。口内炎だから当たり前だ。

散々引っ掻き回された兄弟たちだが、これでまた平穏な毎日が戻る。

――そう考えた矢先だった。

「あ――――――！」

再び松野家にトド松の叫びが響き渡った。

「痛いよ――――！　皮膚がただれてきた！　脱皮が始まった！　これは口内炎どころの騒ぎじゃない――――！」

時計の針は深夜一時を指していた。いい夜中である。

「トッティ⁉　どうしたの！」

十四松が一番に起きだして、部屋の灯りをつけた。

他の兄弟たちも迷惑そうな顔をして体を起こす。

「皮膚が剝がれてるんだよ！　このままじゃ全身の皮膚が失われる！」

トド松は右手の指をしきりに見ながら騒ぎたてる。

「皮膚が……？」

一松が「見せて」とトド松の右手を取る。

そして、

「……ササクレだね」

これ以上ないほど無感情に言った。

兄弟たちの間にどんよりとした空気が流れる。

悪夢の再来。またか、という諦めに似た境地だった。

「あー！　ボクは死ぬんだー！　このまま全身の皮膚が削げ落ちて、理科室の人体模型みたいになるんだ——！」

トド松は布団の上で大の字になり、駄々っ子のように足をバタつかせる。

「だからただのササクレだって」

一松が繰り返す。

「ササクレってなに⁉　どうしてなるの⁉」

「いや、わかんないけど」

「原因わかんないの⁉　じゃあ不治の病じゃん！　死ぬ————！」

独特の理論。

布団をかぶり、ガタガタ震えるトド松。

「え⁉　トッティ死ぬの⁉　死んじゃうの⁉」

ピュアな十四松が騒ぐから、余計にトド松も盛り上がってしまう。

「やっぱり死ぬんだ――！　ウサギさんの形にリンゴ切ってー！　季節限定のバァゲンダッツ買ってきて――！」

「もうこれ甘えのバケモノだよ……」

戦慄（せんりつ）する一松。

さすがの兄弟たちも、口内炎、ササクレの二連撃で呆（あき）れ返ってしまった。

「もうほっとこうよ」と、チョロ松。

「最近あいつ自分のこと好きすぎるよな」

おそ松も目を細めて言った。

「なんかカラ松兄さんみたいだ！」

十四松の一言に、確かにと頷（うなず）き合う兄弟。

「カラ松イズムの正統なる継承者」「クソ松直系の弟」「ちょっとベクトルが違うけどウザさはどっこい」などと口々に言い合う。

「フン……よかったなトド松。光栄に思うといい」

「うわー！　死ぬ――！　社会的に死ぬ――――！」

「オレに似ると社会的に死ぬのか⁉」

一際絶望に満ちた叫びを上げるので、カラ松も戸惑いを見せる。

「仕方ないよね」

「僕だったら自殺する」

「世界平和のために今ここで息の根止める？」

「お前たち、ひどくないか⁉」

言われっぱなしのカラ松だがやむを得ない。

すると。

「ちょっと⁉」

話を聞いていたトド松が、ぼそっと布団から顔を出す。

これまで散々カラ松をイタいイタいと非難してきたトド松である。

それと一緒にされる話を延々と続けられることには、やはり我慢ならないはずだった。

「ボクの話しないでどうしてカラ松兄さんの話ばかりしてるの⁉」

「そっち⁉」

チョロ松も目を瞠る。

もはや自分中心に世界が回っていないと満足できない体になりかけているトド松。

「あはは！　トッティは自分のこと好きだもんね！」

「どう考えても口内炎やササクレより、この歪んだ自己愛が問題だよね」

十四松、一松の意見は的を射ていた。

「まあ、じきに落ち着くと思うけど」

そう言って一松が布団に潜りこむと、他の兄弟たちもそれにならった。

「ちょっと寝ないでよー！　もっと心配してよー！」

トド松の執拗なアピールは真夜中まで止まず、やがて皆が疲れてうとうとしだすまで続いた。

ほとぼりが冷めたら元に戻るだろう。

そう兄たち五人は思っていた。

しかし、甘えの権化と化したトド松は彼らの想像を超えていたのである。

◇

ササクレが治っても、一度甘えのネジが飛んだトド松は、愚直なまでにいい女スタンスを貫いた。

「一松兄さ〜ん。ボクお口が淋しいな〜？　アイスとか食べたいな〜？」

「……自分で買いに行ったら？」

「えぇ⁉」

つれない態度にショックを受けるトド松。

「ウソだ……アヒル口で頼んでるのに⁉」

「いや、逆に腹立つだけだから」

「困り眉だよ⁉」

「見て。いまおれの方が困ってるから」

自撮り女子も真っ青な小悪魔テクを駆使するトド松だが、一松には通じない。

むしろ一松は新種のハラスメントとして訴えたい気分である。

「……いいよもう！　じゃあカラ松兄さんに頼むから！」

口を尖らせる時もキュートさを失わず、トド松はターゲットを変えた。

すぐさま、水着姿になったトド松。

床の上でグラビア風に寝そべると、振り返りざまカラ松に流し目を送った。

「ねぇカラ松兄さん～？　ボク、サンオイル塗ってほしいな～？」

「お、オーケーだブラザー……だが、いまは冬だし部屋の中なんだが」


甘やかしてほしいばかりに手段を選ばなくなったトド松に、極力スルーするという戦略で対抗した兄たち。

しかしそのせいで満たされないトド松の自己愛は肥大化する一方だった。

そして、やがて危ない領域に入りこむ。

ある日、外出から帰ってくるなり、トド松は満面の笑顔を見せた。

「ねえみんな～。ボク彼女ができたよ～！」

「え？　……マジで⁉」

目を見開いて驚くおそ松。

生まれてからこちら、一度も彼女などできたことのない6つ子である。

最初に彼女ができるのはトド松だと目されていたが、急にできたと言われても、すぐには呑みこめないというのが正直なところだ。

「ほんとほんと〜」

しかし、スキップして部屋の中へ入ってくるトド松を見ると、冗談を言っているわけではないようだ。

「どんな子⁉　どんな子⁉　トッティ！」

疑うことを知らない十四松が、立ち上がって興味を示す。

「知りたい？　ねえみんな知りたい？」

その反応が嬉しくて、トド松は腹が立つほど愉快そうな顔になり、部屋にいる兄たち五人の顔色を窺う。

その手には自分のスマホ。

おそらくそこに彼女とやらの画像があるのだろう。

トド松のことは極力構わないというポリシーを守ってきた五人だが、さすがに彼女ができたと言われたら気になってしまう。

「じゃあ、見せてみてよ」

チョロ松が言った。

「え？　見たい？　見たいのチョロ松兄さん〜？　見たいんだあ〜〜？」

「……」

殴りたい。強い破壊衝動を抑えるチョロ松。

「まあまあ、抑えろチョロ松。それよりトッティ。彼女を早く」

努めて冷静に、カラ松がトド松を促（うなが）した。

「そっかぁ〜？　見たいんだぁ〜？　カラ松兄さんもほしがるなぁ〜？　じゃあしょうがないねぇ〜〜？」

イヤらしい顔の世界選手権があるなら、アジアレベルは総なめである。

「じゃあ見せちゃおっかな〜？」

ノリノリのトド松は、スマホの画面をスライドし、目当ての画像を見つけると、意気（いき）揚々（ようよう）とそれを兄たちに見せつけた。

「「「「「…………」」」」」

画面に釘付（くぎづ）けになる五人。

「これって……」

一松が呟（つぶや）いた。

画面の中で笑っていたのは――トド松自身だった。

「お前じゃん！」

反射的にチョロ松が言う。

「え〜？」

しかしトド松は動じない。

この反応。見せる画像を間違えたわけではない。ふざけているわけでもない。

「どう？　可愛いでしょ〜？　えへへ」

トド松は画面の中の自分にキスをする。

「「「「……!!?」」」」

五人の背筋にぞわっとした悪寒が走る。

「「「「怖い怖い怖い怖い怖い怖い怖い怖い怖い怖い！！！！」」」」

――弟が壊れた。

◇

取り返しのつかないことになってしまった。

トド松以外の兄弟五人は責任さえ感じていた。

自分たちが構わなかったせいで、本物の甘えの権化を作り出してしまった。

「なぁ、あれはただ構ってほしいだけなんだろ？　そうなんだろ？」

「そうならどれだけいいことか」

おそ松とチョロ松が電柱の陰にしゃがみこんで言った。

「本当に気づいていないのか？　トド松のやつ」

「ホラーだ！」

「まさか愛されたいばかりに自分自身を恋人にしてしまうとは……」

カラ松、十四松、一松がその後ろから前方を覗きこむ。

ここは繁華街に近い大通り。五人は、トド松を尾行している最中だった。

「今日彼女とデートだから！　行ってくるね！」

そう言って、トド松は日曜の朝からおめかしをして家を出た。

デートと言ったって本当に彼女がいるわけじゃない。

いや、いると言えばいる。だがその彼女は、トド松自身なのだ。

愛されることに餓え、心まで乾ききったトド松が、精神の均衡をはかるため無意識に選択した最後の手段。

それが、自分で自分を愛するということ。

直接的な原因がどこにあるかと言えば、やはり自分たちにある。

そう考えた兄五人は責任を感じ、トド松を追ってきたのだ。

「トド松の暴走は俺たちが止めないと……」

おそ松は決意をこめ、ぐっと拳を握った。

一方、デートのためにめかしこんだトド松は、楽しそうに通りを歩く。

その姿は特に奇異には映らない。

通り過ぎる人々も、一人デートを決めるトド松を気に留めたりはしなかった。

だが、大きなショーウインドウのある店の前にいたると事情が変わった。

「あ、この服すごく可愛いね？」

指をさし、ウインドウの中のマネキンが着た服について感想を言うトド松。

パステルカラーを基調にした、いわゆるカワイイ系の男服である。

「きっとキミに似合うと思うな〜」

嬉しそうな笑顔で、ウインドウに映る自分に語りかける。

「え？　ボクの方が似合う？　そうかな〜？」

今度は自分を指さして。

「いやいや、キミの方が似合うって〜」

ウインドウに向かって。

「え？　やっぱりボク向きだって？　困ったな〜」

トド松は困ったように腕を組むと、ぱっと目を輝かせて言った。

「じゃあどっちにも似合うってことで！」

当たり前である。

その様子を見ながら、おそ松は肩を抱いて震えていた。

「どうしよう……！　もう俺逃げていい……？」

「このヘタレ長男！」

チョロ松の罵声が響いたが、かと言って誰がどうすることもできなかった。

そして翌日、急展開を迎える。

「今日はね、彼女を連れてきたんだ！」

「「「「!!?」」」」

ニコニコ顔のトド松が、母・松代に向かって言った。

「……え？　冗談じゃなくて？　本当に彼女を？」

目を白黒させる松代。孫は喉から手が出るほど欲しかった。しかしダメ人間揃いの息子たちに、いつしか期待することはなくなっていた。

その末っ子が、ついに彼女を家に連れてきたと言う。

「じゃ、じゃ、じゃあお茶とお菓子を用意しなくちゃね!?　ちょちょ、ちょっと待ってて!?」

松代は慌ててキッチンへ駆けこんでいく。

食器が割れる音がしたり、炎が吹き上がる音がしたり、一体何をしているのかわからないが、動揺していることは確かだった。

とはいえやはり、その表情は心なしか嬉しそうだった。

「えへへ、もうそんなに慌てなくていいのに」

母のその顔を見て、満足そうにするトド松。

一方、末弟のあまりの性急さに、身を寄せ合って震える兄五人。

「ちょっと展開速すぎない？」

「彼女できて二〜三日でいきなり親に紹介する？　サイコパスなの？」

「彼女じゃないけど」

「あいつは手加減ってものを知らないのか……？」

「ホラーだよ！　ホラー！」

しばらくすると、パタパタとスリッパを鳴らして松代が戻ってくる。

「こ、こんなものしかなかったけど、いいかしら？」

トド松が腰かけている前の机に、普段より大きめに切ったバームクーヘンと近所からもらった香りのいい紅茶を置いた。

そして、その隣の空席にも、もう一組。

彼女の分である。

「ま、まだ彼女さんは来ないのかしらね？」

キョロキョロしながら松代は言った。

トド松は、何も答えずニコニコと笑ったままでいる。

「あ、あの、どんな子か聞いてもいいかしら？」

松代はやはり、トド松の彼女に興味津々（しんしん）である。

トド松は「うーん」と、唇（くちびる）に指を当てながら答えた。

「なんかね、兄弟がたくさんいるらしいよ」

「あ、そ、そうなのね？　あら−、偶然ねぇ……」

それなら話が合うかも、と松代は少しほっとした顔をする。

「もう見てられない……！」

その様子を少し開けた戸の隙間（すきま）から覗きこみながら、おそ松が言った。

「でもどうすれば……」

一松が呟く。

身を寄せあう他の兄弟たちも腕を組んで難しい顔をした。

「……とにかく考えるよりやってみるしかないよ」

チョロ松の意見。

「そうだよな」

おそ松は唾（つば）を飲み、決意を固めた顔をする。

そして、「カラ松借りるぞ！」と、この非常時に前髪を気にしていたカラ松から手鏡を奪い取ると、おそ松はダイニングへ飛びこんだ。

「トド松！」

その後ろから他の兄弟たちも続く。

「ああ、兄さんたち。いたんだ？」

追いこまれた兄たちの決意をよそに、いたって平然と返すトド松。

そしてどういうわけか、申し訳なさそうに頭を下げた。

「あ、それとごめんね。家にまで彼女連れてきちゃって。無神経だったかな?」

「……!」

ナチュラルに異常性を見せつけてくる弟に、怯(ひる)んでしまうおそ松。

しかしここで退(ひ)くわけにはいかない。

大事な弟の危機なのだ。

「トド松! これを見ろ!」

意を決し、おそ松はトド松の目の前に、カラ松の手鏡をかざす。

「え?」

トド松はのんびりと首を傾(かし)げ、差し出された鏡を見た。

「これはお前だ! お前しかいない! 彼女なんてどこにもいないんだ!」

突きつけた。動かしようのない事実を。

彼女なんてどこにもいない。それは愛されなかったトド松が作り出した悲しき幻影なのだ。

他の兄弟たちも、よく言ったとおそ松の勇気を無言で称(たた)える。

——しかし。

「知ってるよ?」

「「「「え?」」」」

「だから知ってるよ。ボク、その時期はもう越えてるから」

おそ松たちの額にスーッと汗が伝う。

「こいつ……自覚があるだと⁉」

カラ松が戦慄する。

衝撃の事実に愕然とするほかない五人。

驚くべきことに、トド松は自覚しながら自分自身と逢瀬を重ねていたのだ。

幻覚を見ているわけじゃない。

架空の彼女を夢想してお茶を濁しているわけでもない。

世界に二人といない自分自身と、真面目な恋愛関係にあったのだ。

それは自己愛のウロボロス。

自らが自らとつながり、始まりも終わりもない完全な愛の形がここに生まれたのだ。孤独のない新たな世界。人類とはつながりを希う生き物として生まれ、永遠に孤独を義務付けられた悲しき生命。その神の悪戯、修正不能のバグが、いまここで解決されたのだ。

後に語り継がれるだろう。

人類の進化は口内炎から始まったと。

「ボクの可愛さは時空や概念なんて飛び越えるんだ！」

「「「「…………！」」」」

もはや勝負あった。

打つ手をなくしてしまった兄弟たちはうなだれた。

どうしようもない。この弟を救う手だてはもうどこにもない。

終わりだ。ついでに人類さえ進化してしまった。

絶望的な事実に直面した彼らだったが、一人、まだ諦めない男がいた。

「トッティ――――！」

十四松。

十四松は、両手を頭の後ろへと振りかぶり、つまりダブルチョップの予備姿勢で、大きく跳躍(ちょうやく)した。

「必殺――――！」

そしてトド松の脳天めがけて両手で痛烈なチョップを繰り出した。

「叩(たた)いたら直る!!」

それは十四松固有の必殺技(わざ)。

松野家の家電は総じて年代物ばかりだ。そして、十四松がこの必殺技を繰り出せば、どれほど不調なテレビや冷蔵庫でも、たちどころに直ってしまうのだ。

「――ふぐぇっっ!!?」

華麗(かれい)なインパクトの瞬間が、周りで見ている松代と四人の兄弟たちには何度もリフレインして見えた。

直撃を受けたトド松は、ぐるりと目を回し、後ろ向きに倒れた。

「「「「「トド松！」」」」」

慌ててそれに駆け寄る五人。

「……う……ん……？」

何度も声をかけ続けると、やがてトド松は目を覚ました。

「あれ……？　兄さんたち？　どうしたのそんな必死な顔して？　気持ち悪いんだけど」

こぞってトド松を心配する兄たちに、目を細め、つれない態度で返す本人。

――気持ち悪いんだけど。

これだけ心配して見せたのに、「気持ち悪い」と返した。

それは他でもない。

トド松が元通りになった証拠だった。

「「「「「トッティ……！」」」」」

たまらず、全員でトド松を抱きしめる。

松野家の6つ子に平穏が戻った瞬間だった。

――しかし。

「あれ？」

トド松は脳天に違和感を覚えて手でさする。

「あれ？　どうしたんだろ頭に……？　たんこぶができてる……？」

それは、十四松のダブルチョップの置き土産。

故障具合のひどさによって威力は調整されるため、今回はそれなりの一撃を浴びせてしまった。死なない程度に威力は弱めたものの、どうしてもたんこぶ程度はできてしまう。

「たんこぶ……たんこぶが………」

するとシラフに戻ったはずのトド松の様子が変わる。

顔が悲しげに歪んで、涙腺からこんこんと滴が湧いてくる。

「うわー！　たんこぶできたー！　死ぬ――――！」

「「「「え――――!?」」」」

松野家の兄たちの試練は続く――。

塩
みそ

一松の嫉妬

04

LIGHT NOVEL
OSOMATSUSAN
ATOMATSU

――冬。

窓の外では木枯らしが吹き荒れ、道行く人々も襟を立てて首をすくめる、そんな季節。

「こんな日は家にこもって猫をなでるにかぎるな……」

これほどの幸せがあるだろうかと一松は思う。

寒い冬の日に、暖かい部屋にこもって、ぬくぬくの猫をなでる。

温かいし、気持ちいいし、可愛いし。その幸福感は筆舌に尽くしがたい。

古来より人間は猫をなでて幸せになってきた。

猫は猫で餌と寝床を人によって与えられ幸せになる。

まさにWIN-WINの関係だ。互いに幸福を与えあい、それは日々を過ごすほどに増幅していく。これはほぼ永久機関だろうと一松は思う。

猫とは完全無欠な生き物である。

不完全な人間とは違う。むしろその不出来な人間という生き物を幸せに導く不可欠なピースとさえ言える。

そう、猫とは神の生み出した最高傑作なのである。

「はぁ……。おれは今……生きてる……」

その時だ。

「あれ？　一松兄さん一人？」

部屋のふすまを開けて入ってきたのは、末弟（まってい）トド松（まつ）。

「ん、トド松か。……おかえり」

「ただいま！　う〜寒、寒！」

自分の体をさすりながら、暖かい部屋の中へ滑りこんでくるトド松。

「みんなはどこ行ったの？」

「ほかの連中はこの寒い中、パチンコへ行った」

「そうなんだ〜。ほんと好きだね〜」

「ああ、どうせ負けるのに」

パチンコは一松だって嫌いじゃないが、季節も季節だ。それよりも猫と一緒に暖かい部屋で過ごす方が、一松にとってはよっぽど充実していた。

一方のトド松は、バイト先の仲間とお茶をしてきた帰りだと言う。

「はぁ〜」

トド松は床へ座りこむと、大きな息を吐く。

一松がそれを見て、バイト仲間とお茶なんて、そんな気を遣（つか）うようなことよくするな、と僻（ひが）み半分で考えていると、トド松がじっとこちらを見ているのに気がついた。不自然な視線が気になって、一松は尋（たず）ねた。

「……なに？」

「……え？　いや、なんでもない」

トド松は素知らぬ顔でそう言った。

しかし敏感な一松はそれが嘘だとわかっている。普段周囲と関わらず、教室の隅で黙しているような人間ほど、得てしてそうした観察眼に優れている。

「でもずっと見てたでしょ」

「あ……わかった？　うん、実は猫、ボクもなでてみたいなと思って」

トド松がじっと見ていたのは一松ではなく、膝の上で気持ちよさそうに寝ている猫の方だった。

「……え？　猫？　へぇ……そう。……じゃあ抱く？」

「えっ？　いいの？」

「ああ、別にいいけど」

「本当？　やったぁ！」

トド松は嬉しそうに笑うと、猫のように四つん這いで一松の隣へやってくる。

そして一松から猫を抱き渡されると、それをおっかなびっくり受け取った。

「わ～！　あったか～い！　それにかわいい～！」

「そうか？　まぁ……そうだろ。猫はいいからな」

トド松の反応がなんだか嬉しくて、いつもすぐれない一松の血色がみるみる良くなっていく。

「猫ってかわいいね〜！」

トド松はテンションが上がって、大人しい猫をぎゅっと抱きしめる。

「ふふ……まぁ、な」

「別に一松兄さんを褒めてはいないけど？」

「……っ、知ってるよ」

少し赤くなる一松だが、内心それでも嬉しかった。

猫が可愛いことは自明の理で、誰がなんと言おうと言わなかろうと、揺るがない世界の真理である。だが、やはり一松も人間。自分が可愛いと思うものを誰かが同じように可愛いと言ってくれたら気持ちがいい。その幸福を共有していることに胸が弾んだ。今まで部屋の片隅、あるいは路地裏で、孤独に噛みしめていた猫の愛らしさを誰かとわかちあえる喜びに、一松は目覚めはじめていた。

「ふふ……」

まるで保護者のような慈愛あふれる瞳で、一松は、猫と、それと戯れる弟の姿を見つめていた。

——そして、それが十分、二十分とたつと。

「えへへ〜♥　あ〜もうほんとかわいい〜♥　一松兄さんずるいよ〜。こんなかわいい子を今まで独り占めしてたなんて〜」

「……ああ」

その後もトド松は飽きることなく猫をなで、赤ちゃん言葉で話しかけ、頬ずりしたりを繰り返す。

猫もまんざらでもないようで、甘い声でにゃーんと鳴き、トド松にすっかり身をゆだねている。

すると、さっきまで上機嫌だった一松の様子に変化が現れる。

明らかにそわそわして、落ち着きがなくなった。

「……なぁトド松、知ってるか？」

「なに？」

「野良猫には数百匹のノミがいるぞ」

「なんでそんなイヤな情報伝えてくるの⁉」

「さらに高確率で寄生虫もいる」

「やめてよ！　こんな可愛い猫なのに！」

突然のネガティブキャンペーンにトド松は不快感を露にする。

しかし猫に夢中のトド松は、「変な一松兄さんだね～？」と猫に話しかけてとりあわない。

「猫ちゃ～ん♥　ははっ、そんななめないでっ。はは、くすぐったいよ～♥」

「……」

「もう、どこなめてるの？　じゃあボクもお返しにちゅーしちゃおうかな♥　ん〜〜

……………」

トド松は目を閉じて、顔の前に持ち上げた猫の鼻先に唇(くちびる)を近づけていく。

「⁉」

途端(とたん)、一松の視線が険しくなる。

その目は真っ赤に血走って、親の仇(かたき)を見るようになる。

「ちょっと、トド松。ちょっと」

「え？　なに〜？　ボク猫を可愛がるのに忙しいんだけど〜」

「そろそろ……」

「そろそろってなに〜？　ごはんの時間？」

「出てって」

「なんで急に⁉」

「早く。出てって。家から」

「いやいやおかしいでしょ！　どうして急にボク家出しなきゃいけないの⁉」

「お前はそれだけのことをしてるから。反省して」

「ボク何も悪いことしてないし！」

しかしトド松はまるで罪の意識を覚えない。

だから一松は、やむなく事実を突きつける。

「お前、猫が無抵抗だからって、それセクハラだぞ？」

「セクハラじゃないでしょ!?」

「ちゃんと同意とった？　猫に。ちゅーの」

「とれないでしょそんなの！」

「同意書は？」

「とれないから！　っていうか、猫にちゅーするなんて普通でしょ！」

「おれだってしたことないのに？」

「知らないよそんなの！」

完全に嫉妬である。しかもかなり醜い類の。

猫の可愛さを共有する喜びを知った一松だったが、今度は逆に、今まで独占できていた猫の可愛さを他人に奪われる妬みに、身を焦がすことになったのだ。

「じゃあ一松兄さんもすればいいじゃん！　ちゅー！」

トド松は「ほらっ！」と言って、抱き上げた猫の鼻先を一松の顔の前まで持っていく。

「……っ！」

すると動揺したのは一松だ。

「猫だって喜ぶよ！　ほらっ！」

「ちょっ……ちょっと待っ……」と、明らかに取り乱す。

「ほらぁっ！」

一松の眼前に猫の顔が迫る。

呼吸が乱れた。可愛い猫のつぶらな瞳が一松を見つめる。

ごくりと唾を飲み、一松は思い切って猫と目を合わせると、

「……………………無理……………………」

「ウブかよ！」

一松は「くっ」と小さく唸って顔を背ける。

あまりに刺激が強すぎた。

「意識しないお前の貞操観念がおかしいんだ。これが性の乱れか……」

「相手猫だよ⁉　何意識してんの⁉」

「はぁ⁉」

二人の間には、絶望的なまでの対人経験の差が横たわっている。

普段から女子との付き合いがあるトド松と、猫にさえヘタレる一松とでは、もはや人生観のレベルで違っていてもおかしくない。

我を失いかけた一松だが、しばらくすると落ち着きを取り戻した。

大事な猫はいまだトド松に抱かれたままだ。

重要なのはそれを奪還すること。

だがどうする？

トド松と猫の仲はもうかなり親密だ。

明らかな不純異種交遊でも、今から引き離すのは至難の業。

一松は思考に思考を重ねた結果、トド松に提案した。

「……じゃあこうしよう」

「こうするってどうするの？」

「おれがお前の猫になる」

「はぁ⁉　なに言ってんの⁉」

「いいから」

「良くないし！」

「好きに飼えば……いいだろう」

「その覚悟決めた顔やめてくれる⁉　ボクはまったくそんな気ないから！」

一松は四つん這いになってトド松に迫る。

その異様な圧力に、トド松は座ったままずりずりと後ずさる。

それを逃すまいと、一松は四つん這いで追い続ける。その最中に猫はトド松の膝から逃げていき、その空いた場所へ、こともあろうか一松は、

「ちょっとなにしてんの一松兄さん⁉」

頭を乗せてくつろいだ。

「にゃーん……」

「にゃーんじゃないよ！　しかもなにその低音⁉　鳴くならもっと可愛く鳴いてよ！」

「……欲しがるねぇ」

「そういう意味じゃない！」

しかし、不器用な一松には、こうするしか手がなかったのだ。

猫を奪われるわけにはいかなかった。

もはやなりふりなど構っていられなかった。

だって他に友達という友達もいないのだ。

ただトド松からすれば困惑（こんわく）するほかはなく、

「本当にやめて！　みんな帰ってきたら変な風に思われるじゃん！」

「……こんな風になったのも、誰が悪いと思ってるんだ？」

「一松兄さんだよ！」

トド松は膝を引き、その上に乗せられていた一松の頭を床へゴツンと落とす。

一松がダメージを受けている間に、慌（あわ）てて距離をとるトド松。

しかし一松の回復は早く、すぐに平常心を取り戻した。

腕をくねっとS字に曲げて手の甲（こう）をなめた一松は、自分の顔を器用に洗い、ヨガにある猫のポーズで伸びをした。

そして気ままに寝ころんで、ちらっとトド松の顔を窺（うかが）うと、

「……どう？」

「どうもしないよ！　逆にそれを見せられてどう反応したらいいの⁉」

呆れ返ったトド松はそんな兄を無視して、「もう知らないよ！」と、ファッション雑誌を読みだした。

こちらに背を向け、完全にシカトする構えだ。

だがそんなことで怯む一松ではない。

猫を取り戻すと決めた彼は真剣なのだ。ここで手を緩めたらまた愛する猫の貞操が奪われる可能性がある。なにしろ相手は人の猫に手を出すばかりか、無理やり手籠めにしようとした性のモンスターなのだ。

一松はおもむろにトド松へ近づくと、

「……」

読んでいる雑誌の上に香箱座りをしておすましを決めた。

「どいて!?　読めない！」

「……なぁ、聞いてくれトド松」

「なに？」

「おれ……これが天職かもしれない。すごくしっくりくる……」

「知らないよ！」

勝手気ままな生き方。薄暗い場所を好む。だらだら過ごしているだけで、人に可愛がられ、餌ももらえる。

気づいてしまった。

猫という職業は、一松にとって天職かもしれなかった。

自分の愛するものと一体化できる喜びは、人間にとって至上（しじょう）のもの。

猫に目覚めた一松は、うざったがるトド松相手に気ままの限りを尽くす。

天職を見つけた高揚感に酔いしれていたのだ。

「ああ、もうわかったよ！　じゃあ一緒に散歩いこ！」

「……ほう、散歩か。悪くない」

今度はトド松の方が我慢（がまん）の限界を超えた。

物置から首輪とリードを取り出すと、猫というよりは犬を相手にするように、それを兄につけ、そのまま寒空の下へ出た。

一松は靴もはかず、四つん這いのまま、弟に連れられ町内を練り歩く。

「……で、どこへ行くんだトド松？」

「別にどこへも？　だって散歩ってそういうものでしょ」

「確かに。散歩……乙（おつ）なもんだな」

その姿は異様だが、天職を見つけた一松はむしろ生き生きとしていた。

自然体で生きるというのは、なんて素晴らしいことだろう。

そこで、ふと気づいた疑問を口にする。

「ところでトド松、その段ボールはなんだ？」

「え？　トイレ用だよ。猫だから公衆トイレには行けないでしょ」

トド松は畳んだ大ぶりの段ボールを脇に抱えていた。それも自宅の物置から持ち出してきたものだった。

「そうだな……猫は公衆トイレを使わない。考えてるな」

一松は弟の理解の深さに感銘を受ける。

自分の弟ながら、こうした機転がきくところは感心する。

そしてそのままリードを引かれ、たどり着いたのはさびれた橋の下。

「……あれ？」

『拾ってください』と太ペンで雑に書かれた段ボール。

その中に捨てられた一松に、道行く人々が奇異の視線を送っていた。

チャット騒動

05

LIGHT NOVEL
OSOMATSUSAN
ATOMATSU

――チャットとは。

インターネット上のデータ通信回線を利用したリアルタイムコミュニケーション。主にパソコンや携帯電話を使って行われ、ネットの向こう側にいる見知らぬ誰かと対話できるロマンが、人々の心を躍（おど）らせた。

そしてここにも、一人。

――マツノブルボン「こんにちは　だれかいますか」
――Mr.T「いますよ」
――マツノブルボン「わ　ほんとにいた」
――Mr.T「チャット、初めてなんですか？」
――マツノブルボン「そうです」
――Mr.T「実は私もです」
――マツノブルボン「ぐうぜんですね」
――Mr.T「ですね。もしよければこれからお話ししませんか？」
――マツノブルボン「はい　よろしくおねがいします」

◇

「あれー？　ボクのスマホどこー？」

　ある日の午後、スマホを捜して家中を歩き回っていたトド松が、部屋に戻ってそう言った。

　部屋にはおそ松とチョロ松の二人がいて、チョロ松が答えた。

「知らないよ？　どっか外に忘れてきたんじゃない？」

「ううん、持って帰ってきたのは間違いないんだよ。ちょっと前までメール打ってたんだから」

　どうやら少し目を離した隙に見失ってしまったらしい。

　下を向いて何やらいじっているおそ松が興味なさげに言った。

「トッティの勘違いじゃないの？　もう一回外捜してきたら？」

「えー？　本当に持って帰ってきたんだって。おそ松兄さんも捜すの手伝ってよ」

「やだよ、俺忙しいから」

　おそ松は相変わらず下を向いたまま、トド松の方を見ようともしない。

「えー？」

　不満げな声を出すトド松。

　しかし気になる。さっきからずっとおそ松は何をしているのか。

トド松は首を伸ばし、おそ松の手元を覗き見て言った。

「忙しいってさっきから何やってんの――って、おおおおおおい⁉」

突然獣のように叫ぶトド松。

「なに？　うるさいなぁ。俺忙しいって言ったじゃん」

「忙しいじゃないよ！　それ！　今いじってんの！　それがボクのスマホ！」

「え？　そうだけど？」

「そうだけどじゃないよ！　それをずっとボクは捜してたの！　なんなの⁉　どっか病気なの⁉」

「うるせぇなあ！　だからなんなの⁉」

「なんなのじゃなくてそれがすべてなの！」

トド松は耐えきれず、「返して！」とスマホを奪い返そうとするが、敵もさるもの、ガードの堅いボクサーのように体をひねり、簡単には渡してくれない。

「もう！　ほんっとに最低だね！」

最低だ最低だと日頃から思っていたが、この兄には底がない。

しかしやはり気になった。

えらく真剣にスマホの画面を見つめ続けるおそ松。

トド松は大きくため息をついて、尋ねてみる。

「……で、何をそんなに一生懸命やってるの？」

おそ松は、普段こうした電子機器をまったく触らない。当然スマホどころかガラケーさえ持ったことがなく、操作方法だって満足に知らないはずだった。

「……何でもない」

しかしおそ松はこちらに背を向け、スマホの画面を隠してしまう。

トド松は、それさえ言わないの、と不満を募らせるが、こうしたおそ松の身勝手さは今に始まったことではない。

「おそ松兄さん、いい加減にしたら？」

そこで助け船を出したのはチョロ松だ。

「弟の物をとってさ。長男の自覚とかないの？　意識の低さに呆れるよ」

それを聞いたおそ松がすっと目を細める。

「はぁ？　無駄に意識だけ高いやつに言われたくないね！」

「無駄にってどういうことだよ！」

「お前なんかただのシコ松じゃん！」

「そういう下品な言葉遣いが意識低いって言うんだよ！　せめてケア松って言ってくれる!?　シコるとかじゃなくてセルフケアって言って!?」

「セルフケアってなんだよ！」

トド松そっちのけで、言い合いになるおそ松とチョロ松。

意識の高低で言えば、最も落差の大きい二人である。それだけに、普段から口喧嘩にな

ると止まらない傾向があった。

「お前なんか意識高い系通り越して意識キモい系だからね？」

「はぁ⁉」

チョロ松はいきり立ち、拳(こぶし)を固める。

「この拳で意識ない系にしてやろうか⁉」

「やってやろうじゃんか！」

立ち上がり、互いに嚙(か)みつかんばかりに睨(にら)み合う二人。

「あぁん⁉」

「はぁん⁉」

「はいはいそこまで！」

勝手に喧嘩を始めた兄二人に呆れて、トド松が手を叩(たた)いた。

「もう……じゃあそれ使っていいから。終わったら返してよね？」

自分が折れれば丸く収まる。苦労人の末弟(まってい)である。

するとおそ松は座り直して、

「わかったわかった。じゃ、もうちょっとだけ借りるから」

チョロ松とトド松に背を向け、またスマホの画面と睨めっこを始めた。

◇

おそ松が、無料チャットというサービスを知ったのは、トド松のスマホで訳もわからずインターネットをしていた時のことだ。

画面の下部によくわからない広告が掲出され、それをタップするとユーザー登録画面へ進んだ。

適当にＩＤを登録し、半信半疑で最初のメッセージを打ちこむと、それに早速リプライがついた。

相手のチャットネームは『Mr.T』といった。

――マツノブルボン「あのさ　さいきんなやみがあるんだよね」

――Mr.T「悩み？　どんなです？」

――マツノブルボン「うちおとうとがいるんだけど」

――マツノブルボン「あににたいするけいいがないんだよ」

――Mr.T「なるほど……知っていますか？　他人は自分の鏡といいます」

――マツノブルボン「どういうこと？」

――Mr.T「たとえば嫌なことをしてくる相手がいたとして」

――Mr.T「それって自分も同じように相手にしていないかってことです」

――マツノブルボン「あ」

――Mr.T「人と人とは互いを映す鏡。人にこうしてもらいたいと思ったら」

――Mr.T「まず自分がそうしてみせるってことが大事なんじゃないかな」

――マツノブルボン「そうなのかなー」

――マツノブルボン「ちょっとだけためしてみるよ」

◇

翌日。

散歩がてら書店で漫画の単行本を購入し、帰宅したおそ松。

本当は『週刊少年ジャンプ』が欲しかったのだが、売り切れで、やむなく他の単行本を買ってきた。

ところが部屋に入ると、トド松が、さっき書店で見つからなかったジャンプを読んでいるのに気がついた。

「おい、トッティ、それ――」

そこでおそ松は口を噤む。

昨晩チャットで、『Mr.T』なる人物に教わったことを思い出したのだ。

おそ松は手に提げたビニール袋の中を見る。

そして、漫画の単行本を取り出すと、

「なぁトッティ。これ……読む？」

「え？」

寝ころんで漫画雑誌を読んでいたトド松が、少し驚いた顔で振り向いた。

「あっ、それボク読みたかったやつ！　買ったの？」

「ああ。先に読む？」

「……え？　いいの？」

「いいよ」

「本当？　じゃあ読む！　ありがとうおそ松兄さん！」

トド松は満面の笑顔で飛び起きて、おそ松から単行本を受け取る。

そして代わりに自分が読んでいたジャンプを差し出して、

「じゃあ代わりにこれ読んでいいよ！　まだ読んでる途中だけど！」

おそ松は面食(めんく)らう。

「え？　いいの？」

「いいよ！　お互い様だからね！　おそ松兄さん、いいとこあるじゃん！」

「えぇ!?　あ……そ、そう？　そっか……さんきゅ」

そしてトド松は上機嫌で単行本を読み始める。

それをじっと見て、おそ松は、生まれて初めて経験する感動に震えていた。

——本当に、Tさんの言った通りになった。

「ねぇ、おそ松兄さん。さっきトッティが上機嫌だったけど、何かしたの？」

「え？」

台所で水を飲もうとしていたおそ松の背中に、チョロ松が声をかけた。

「へぇ？　上機嫌だった？　そっかそっか、へぇ〜」

おそ松は嬉しそうにニタァと笑って、チョロ松のところへ歩み寄ると、なれなれしくその肩に腕を回した。

「まぁ、ちょっとした秘訣があってねぇ？」

「秘訣？　なにそれ？　ってか気持ち悪いから離れて？」

「まぁまぁ、弟よ。たまには兄の言うことも聞きたまえ？　あのな、『他人は自分の鏡』って言葉があるんだよ」

「……え？」

チョロ松の表情が変わった。

しかしおそ松はそれに気づかず続ける。

「相手にしてほしいことがあったら、まずは自分でするってね。まぁ、生き方の基本だよね〜」

「……そうだね」

するとチョロ松はやや遅れて呟いた。

「え、チョロ松わかんの？　このこと」

「わかんのって言うか……僕は昔からそう思ってたんだけど」

「へぇ〜！　奇遇だねぇ！　さすが俺の弟ってところかなぁ！　ははっ！」

「……」

そしておそ松は、「まぁ、お前も頑張れよ！」とチョロ松の背中をバンバン叩いて、笑いながら去っていく。

残されたチョロ松は、不思議そうな顔でその場に立ち尽くしていた。


この二日前のこと。

「おい、チョロ松！　いい加減ミーの携帯を返すざんす！」

「いいでしょ、もう少し」

「もう少しどころかお前、最近毎日借りに来るじゃないざんすか！　もう本当に迷惑ざんす！」

チョロ松はこのところイヤミの家へ押しかけては、その携帯を強奪し、どこかのサイトを熱心に閲覧していた。

当然イヤミは怒り心頭だが、

「まぁまぁ」

「まぁまぁじゃないざんす！　この間もミーの携帯を勝手に持ち出して、粉々にしたのを覚えてるざんすよ!?」

「へぇ」

「へぇじゃないざんす!?　シェ――――――――――――――!?」

チョロ松の耳には、イヤミの言うことなど半分も入っていなかった。

それよりも今は目の前のスマホの画面に夢中だった。

「ところで、何をそんな熱心に見てるざんすか？」

「え？　ああ、これからの時代、スマートフォンくらい使いこなさなきゃと思ってね。このデバイスはいい。新しい人脈も作れそうだ」

「はぁ、またいつもの自意識ライジングざんすか？」

「む……」

イヤミが渋面を作り、聞こえよがしにぼやいてみせる。

「どれだけ意識が高くても、行動に移さなければすべて無意味ざんす」

「そ、そんなことはわかってるよ！　今は力を溜めてるだけだから！」

「ほー？　その力を解放するのはいつざんすか？　明日？　それとも明後日ざんすか？」

「くっ……。どいつもこいつも……！」

おそ松に続いてイヤミまで、イヤなところを突いてくる。

チョロ松は返す言葉を失って、ただイヤミを睨みつけた。

そして吐き捨てるように、

「好きに言えばいいよ。わかる人はわかってくれるんだ」

チョロ松は両手でスマホを持ち、覚えたてのフリック入力で、真剣にメッセージを打ちこみ続けた。

◇

――マツノブルボン「Tさんすごいね！　Tさんのいったとおりだった！」
――Mr.T「ああ、それはよかった！」
――マツノブルボン「ねえTさんってなにしてるひとなの」
――Mr.T「私は商社に勤めています。一部上場の」
――マツノブルボン「へーすごい！　しょうしゃ？　ってしらないけど！」
――Mr.T「今朝もリスケでエビデンスがウインウインで大変でしたね」
――マツノブルボン「うわー　えいごだ！」
――Mr.T「座右の銘は〝ノーコンセンサス・ノーライフ〟です」
――マツノブルボン「すごい！　かんじもよめないしえいごもわかんない！」
――Mr.T「いやいや。はは」
――Mr.T「……ブルボンさんが素敵な人でよかった」
――マツノブルボン「ん？　きゅうにどうして？」
――Mr.T「実は私にも兄がいるんですが」
――Mr.T「勝手な兄です。わがままで暴力は振るうし。毎日呆れてます」
――マツノブルボン「ひどいね！　ぼうりょくとかさいてい」

——Mr.T「ブルボンさんは、家ではどんなお兄さんなんです？」
——Mr.T「たとえば他の兄弟が喧嘩していたら？」
——マツノブルボン「あー　ほっとくかな？」
——Mr.T「えっ？　何もしないんですか？」
——マツノブルボン「あ　いやちがう！　みまもる！　みまもるんだよ！」
——マツノブルボン「ねんじるよね！　うまくいくようにって！」
——Mr.T「……つまり引き寄せの法則ですね！」
——マツノブルボン「え？」
——Mr.T「意識やエネルギーを正しく向ければ、望みは現実化する」
——Mr.T「磁石のように良いことが引き寄せられるんです！」
——マツノブルボン「あーうんそれ！　いしきのね！　じしゃくてきな！」
——Mr.T「感銘(かんめい)を受けました。あなたは徳の高い人だ」
——マツノブルボン「えっへへ　そうかなー？」
——Mr.T「……ああ、ブルボンさんが私の兄だったらよかったのに」

◇

「ただいまー。あ、チョロ松一人？」

「ん？　そうだけど」

おそ松が部屋に入ると、チョロ松が古書店で買った自己啓発本を読んでいた。

おそ松は嬉しそうに、チョロ松の隣に座りこんだ。

「ねえチョロ松、知ってる？　引き寄せの法則って」

するとチョロ松の瞳がぱっと輝く。

「え？　なんでおそ松兄さんがそれを……」

「いやー！　今まで意識高いとか馬鹿にしてたけど、そうでもないね！」

チョロ松の背中をバシバシ叩いて、

「望みを叶えるのがこんな簡単なんて！　だってただ『こうなればいい』って念じるだけなんでしょ？　それだけで幸せになれるなんてちょろすぎ！」

おそ松は機嫌よさそうにカラカラと笑う。

これだけ聞けば、絵に描いたようなダメ人間である。

しかし。

「おそ松兄さん……ついにわかってくれたんだね……！」

チョロ松は感動を禁じえないとばかりに、おそ松の手を握った。

「お？　ま、まあね！　チョロ松も捨てたもんじゃないな！」

「そうか……おそ松兄さんもついに……」

チョロ松は浮かされたように呟く。

「でも素質はあったんだよね。おそ松兄さんっていっつも気楽そうだから。常にいい気分

でいる人には、それにつられていい出来事が自然と引き寄せられてくるんだよ」

「そうそう！　人生楽勝だよなー！」

「おそ松兄さん、仙人かよ！」

「なんだよ未来のビジネスリーダー！」

大声で笑いあう二人。

「はは！　おそ松兄さんって、兄の鑑なのかもね！」

「だろー！　俺は生まれ変わったから！」

「……えぇ？」

その不気味な光景に戸惑い、顔を顰める影があった。

トド松だ。ちょうど今帰ったところで、ふすまを開ければこの光景。

「なにこれ……？　気持ちわる……」

ついこの間喧嘩したばかりの二人だったのに。

しかし、おそ松の機嫌がいいなら都合がいい。

トド松はおそ松に言わなければいけないことがある。

「そうだ、おそ松兄さん、そろそろ携帯返してくれる？」

「え？　もう少し待って」

途端、おそ松から笑顔が消える。

でもトド松にも我慢の限界がある。

「もー！　最近そればっかじゃん！　バイト先の子からメールきてるかもしれないからちょっと返してよ！」

「平気だよ。俺が返事しといたから。うんこの絵文字で」

「勝手に何してんの⁉」

最近はずっとこの調子だ。トド松から携帯は借りっぱなしで、無駄なスキルさえついてきた。そして寝るまで携帯は渡さない。

「もーダメ！　返して！　二度と貸さないから！」

トド松はおそ松にのしかかり、強硬手段に出る。

「おいトッティ！　人のものに手を出すとは何事だ⁉」

「こっちの台詞（せりふ）だよ！」

スマホを巡（めぐ）って激しい争いになるが、こうなってトド松が勝ったためしがない。おそ松は、のしかかってくるトド松を全身で跳（は）ね上げると、慈悲（じひ）の欠片（かけら）もないドロップキックをお見舞いした。

「うわあああああああああああ⁉」

トド松はそのまま吹き飛んで、部屋のふすまへ頭から突き刺さる。

「痛たたたた……。暴力反対！　ほんっと最低だよ⁉」

「ったく、うちのやつらは兄に対する敬意ってのがないんだよな……」

おそ松が愚痴（ぐち）を垂（た）れる。

「……」

それを見て、チョロ松が引いていた。

その後も二人は蜜月を重ねた。

――Mr.T「ブルボンさんの兄らしい話、もっと聞きたいです」

――マツノブルボン「そうだなー、兄ってのはゆずる気持ちが大切だね」

――Mr.T「ゆずる気持ち？」

――マツノブルボン「ちょっと大人なわけだからさ」

――マツノブルボン「食べ物とかはよく弟にゆずったりするよね」

――Mr.T「さすがですブルボンさん！」

◇

夕食の席。

「あーもう！　おそ松兄さん！　嫌いだからってボクの皿にピーマンよこすのやめて！」

「えー？　別に嫌いじゃないし」

「じゃあなんでピーマン入れるのさ！」

「いいだろ別に。お兄ちゃんは可愛い弟にピーマンあげたいんだよ～。まさかトッティ、ピーマン食べられないの？」

「食べられるけどそんなに好きなわけじゃないもん！」

腹を立て、ピーマンを返そうとするトド松だが、「待てよトッティ」とそれを諫めたのはチョロ松だった。

なぜか敬意の混じった視線でおそ松を見つめる。

「やるね、おそ松兄さん」

「はぁ⁉」と、トド松。

チョロ松はこみ上げる感動を噛みしめるように言う。

「僕の尊敬する人が言ってたよ。兄ってのは、いつも弟に譲るものだって。それは食べ物も然りだよ」

「何言ってんのチョロ松兄さん⁉　ピーマン押しつけただけだよ⁉」

「わかってるなチョロ松！　そういうことだよ！」

「見直したよおそ松兄さん！」

がしっと腕を組み合わせ、意気投合する二人。

「はぁ!!?」

トド松は開いた口が塞がらなかった。

◇

――Mr.T「え、同い年ですか？　奇遇ですね！」
――マツノブルボン「運命かんじちゃうね！」
――Mr.T「え、住まいは赤塚区？　同じですよ！」
――マツノブルボン「えー！　なんかもうこわい！」
――マツノブルボン「えー⁉　おたくも６つ子⁉」
――Mr.T「本当ですか⁉」
――マツノブルボン「さすがに偶然がかさなりすぎてる気が……」
――Mr.T「いえ、でも、インターネットは世界中につながっていますから」
――Mr.T「世界なら６つ子くらい何万組もいるのでは？」
――マツノブルボン「そっかー！　じゃあ普通だね！」

◇

「いいか、トッティ。よく聞けよ？」

午後の緩慢な時間帯、チョロ松はトド松に長々と講釈を垂れていた。

「シンクロニシティっていうのがこの世にはあるんだよ。人間っていうのは集合的無意識ですべてつながっているんだ。だから信じられないような偶然は存在して――」

「あーもうわかったよ！」

痺(しび)れを切らしたのはトド松だ。

「あのさチョロ松兄さん、そうやって本で読んだばかりの知識をまるで自分のものみたいにひけらかすのやめた方がいいよ？　しかもオカルトみたいなのばかりだし――」

「待てよトッティ！」

そこへおそ松が現れた。

興味深いとばかりに爛々(らんらん)と瞳を輝かせて、高揚気味にチョロ松に言う。

「あるよな偶然！　信じられないようなことがさ！」

「はぁ⁉」

「だよねおそ松兄さん！　信じられないことがあるんだよ！」

「そうそう！　チョロ松はわかってるな！」

「おそ松兄さんこそ！」

肩を組み合い、楽しそうに笑う二人。

「なんなの……？　え……？　最近の二人おかしくない……⁉」

トド松は気味悪そうに首を傾(かし)げるばかりだった。

◇

──Mr.T「あの、今日はちょっと話があるんですが」
──マツノブルボン「え、なに？」
──Mr.T「……もしよかったら会えませんか？」
──マツノブルボン「……」
──Mr.T「……ダメでしょうか？」
──マツノブルボン「ううん、ちょうど俺もそう思ってたところ！」
──Mr.T「ほんとですか！」
──マツノブルボン「じゃあ、釣り堀ってわかる？」
──Mr.T「わかります！　家から近いです！」
──マツノブルボン「じゃあそこで、明日の13時に！」

◇

「ど、ど、どうしよう…………!?」

深夜。このところおそ松が自分のスマホで何をしているのか気になって、スマホの履歴を調べてみたトド松。

事実を知って青ざめた。

「おそ松兄さん、無料チャットにはまってたんだ……」

他の五人が寝息を立てる長布団の上で、一人ごくりと唾（つば）を飲む。

問題はそのチャット相手だった。

「これ……どう見ても……」

トド松は並んで眠る兄弟の、二人に視線を送る。

奇（く）しくも隣同士に眠る、おそ松とチョロ松が、互いに正体を知らないままチャットを続けている……？

様子がおかしいとは思っていた。

普段は喧嘩ばかりの二人が妙に仲が良い。

そしてさらに悪いことに、明日の13時に釣り堀で、二人は会う約束をしてしまった……？

これを知っているのは自分一人。

トド松はもう一度唾を飲みこんだ。

「……ど、どうにかしなきゃ！」

◇

そして翌日。待ち合わせ時間の10分前。

準備周到（しゅうとう）なチョロ松は、その30分前にはすでに家を出てしまった。

うきうき顔のおそ松が、玄関で靴をはき終えて言った。

「じゃあ行ってきまーす」

「ちょっと待って！　おそ松兄さん」

「うん？」

その背中に飛びつくように、トド松が慌てて声をかけた。

「え？　なに？　トッティ」

「いや、今日はあの、そうだ、ＴＶの占いで兄さんの運勢が悪かったから、お出かけはやめた方がいいと思うよ！」

「えー？　お前、そんな占いなんて信じてんの？　あんなのＴＶ局のおっさんたちが適当に考えてんだって」

「じゃ、じゃあっ、雨っ！　雨降るからやめとこう⁉」

「別に天気予報じゃそうは言ってなかったけど？」

「じゃあボクが降らすから！　裸踊りでもなんでもするから！」

「なにその必死感……？」

突然くねくねと謎の踊りを始めるトド松に、おそ松は目を細める。

しかしトド松も譲れない。実の兄二人が互いの正体を知らないままチャットで仲良くなり、あまつさえオフで会おうというのだ。

二人のチャット履歴はすべて見た。

お互いの正体を知った時、二人はいったいどうなってしまうのか。

あまりの気持ち悪さに、ショックで爆発してもおかしくない。

最低でも深いトラウマを負って、今後の人生を枯れ木のように過ごすだろう。

タダでさえクズでニートなのに、さらに手のかかる要介護者が二人生まれかねない地獄など、なんとしても食い止めないと。

「じゃあ行ってくるからー」

「ああ！　ちょっと待って！　ちょっと待って！」

そうこうしている間に、おそ松は玄関をくぐって外へ出てしまう。

慌てて靴をはき、後を追って家を出るトド松。

「ねぇ帰ろう⁉　おそ松兄さん、帰ろう⁉」

「なんでお前そんな必死なの？」

「チャット相手と会いに行くんでしょ⁉　危ないからやめようよ！」

「え……お前なんで知ってんの？」

おそ松は一瞬怪訝そうに眉を寄せるが、まあいいかと思い直す。

「別に危なくなんかないって。すごくいい人なんだから」

「チャット上ではそうでも！」

トド松は必死になって主張する。

「実際に会ったら怖い人で、事件になるケースもあるんだから！　おそ松兄さんはネット童貞だから知らないんだよ！」

「童貞をバカにするな！」

「そこに過剰に反応しないでよ！」

しかし、トド松の努力むなしく、おそ松はずんずんと待ち合わせ場所に向かって進んでいく。

おそ松にしたって、どうしても相手に会いたいのだ。

インターネットを介して、見知らぬ誰かとつながる。ネット初心者のおそ松はそのロマンに酔いしれていた。相手が何者かと疑うよりも、新たな出会いに高揚していたのだ。普段から、兄弟と限られた知人としか関わらない日常を過ごしてきた。ニートだから仕方ない。だからこそ、未知の何かと出会いたいという衝動が、おそ松を突き動かしていた。

そしてネット上では、いつも軽んじられている自分が手放しで褒められた。

そこはいわば楽園だった。現実世界で不遇な自分が救われる世界がある。

その世界の住人とこれから会おうというのだ。

弟が止めるからといって、やめるわけにはいかない。

「行かないでおそ松兄さん！　行ったら死ぬよ⁉」

「いや死なないし」

トド松の様子がさっきからおかしい。

おそ松は「はぁ」とため息をつきつつ、安心させようと言った。

「あのさ……相手を誰だと思ってんの？」

「逆に誰だと思ってるの⁉」
すれ違う思い。トド松はたまらなくなって地団駄を踏む。
もういっそ言ってしまうか？　その方が、傷は浅くて済むかもしれない。
でも事実を知った瞬間廃人と化し、この後の人生を棒に振るのは確実だ。
やっぱり二人が会う前に止めないと。
――しかしその思いは届かず、ついに釣り堀に着いてしまう。
こうと決めた時のおそ松の行動力には目を瞠るものがある。
なぜダメな方にばかりずんずん進んでいってしまうのか。
なぜこれが働く方向に向かないのだろうか。
そして約束の時間が近づいてくる。
――三分、二分、一分。
やがて、おそ松とトド松の背後から、声が聞こえた。

「えーと、マツノブルボンさんですか？」

瞬間、おそ松の瞳がぱぁっと輝き、反対にトド松の瞳が諦めで濁りきった。
ついに二人が出会ってしまう。
トド松の未来が闇に染まった瞬間だった。

おそ松とトド松が同時に振り向く。

そこにいたのは——

「どうも、Mr.Tです」

胸に大きく「T」とプリントされた服を着た、まったく見覚えのない小太りのおっさんだった。

「今度とてもためになる有料のセミナーがありまして、参加費八〇〇〇円でいろんな業種の人と人脈が築けますよ。ブルボンさんにもぜひ参加をと思いまして——」

「誰だよ!!?」

トド松の叫びが人気のない釣り堀に響き渡った。


——その頃、隣町の公園では。

「早く来ないかなー？　あけみちゃん！」

先日から悪質な出会い系にハマり、さんざん業者に金を搾り取られたチョロ松が、当然のように待ち合わせをすっぽかされていた。

部活の助っ人、十四松くん

06

LIGHT NOVEL
OSOMATSUSAN
ATOMATSU

ここは、私立赤塚学園中等部。

偏差値は可もなく不可もなく、文化活動はなんとなくしている風で、唯一部活動だけはまあまあ盛んで知られる学校である。

そんな学園で、廃部の危機に瀕した部があった。

「ちくしょう……俺たち、今日の練習試合に負けたら廃部だって？」

「しかも頼りのエースが直前に怪我して試合に出られないだって？」

「さらに対戦相手は去年の全国大会準優勝校だって？　俺たちは万年一回戦負けの弱小校だぞ？　一体どういうからくりなんだ……？」

かつては名門と謳われた、赤塚学園中等部テニスクラブ。

だが今は見る影もない弱小校である。

絶望の淵に立たされた彼らには、もはや自分たちの置かれた状況を丁寧に解説するくらいしか残された手はなかった。

そして、今はまさに部の存続をかけた試合の最中。

次のシングルスで負けたら廃部が決まる大事な局面だった。

しかしエースが直前に離脱したせいで、この重大な試合にテニス経験皆無の一年生を出さざるを得ない絶体絶命の状況である。

コートに立たされた一年生はガタガタと震えていた。

「どど、どうしよう……ボク……まだテニスの綴りが〝tennis〟なのか〝teniss〟なのかもわからないのに……！」

もはやテニスをしている場合ではない。一刻も早く勉強机に向かうべきだった。

奇跡なんて起こらない。そんなのは物語の中でしか起こらない。

部員の誰もが覚悟を決めた。

——ただ、部員の一人がある噂を思い出した。

「なあ知ってるか？　伝説の助っ人の話」

「伝説の助っ人？」

「ああ、なんでも運動神経抜群で、あらゆる部活動に顔を出しては、そのピンチを救ったり救わなかったりするカリスマらしいぜ……」

「知ってる。仮面をかぶった、通称〝プリンス〟……」

「なんてこった……。でも俺たちみたいな弱小クラブはどうせ見向きもされないぜ……わかってるさ……」

だが、その予想は即座に覆された。

「来たよ！」

「「「!?」」」

ヒーローとは、絶望の匂いを嗅ぎつけて、必ず駆けつけるものである。

救われなくていい者などどこにもいない。

テニス部員たちはいっせいに振り向き、声を上げた。

「まさか……!?」「本当に来てくれたのか……?」「あれが伝説の……!?」「颯爽と現れては名も明かさず消えるあの……!?」「いろんな部活から引っ張りだこの……!?」「何なら呼ばれなくても来るあの……!?」

解説力に一層磨きがかかるテニス部員たち。

そう、そこに現れたのは、存在さえも不確かだった男。

正体どころか名前さえ明かさない、一切が秘密のベールに包まれた男。

「やあ！　ぼく十四松だよ！」

「「「いきなり名乗った！」」」

度肝を抜かれた。

どう見ても百均で買ったプロレスラー風の仮面をかぶり、背中を覆う真っ白なマントには、大きく毛筆で『十四松』と書かれていた。

そしてなぜか当たり前のように野球のユニフォームに身を包んでいた。

会場中の注目を集めながら、プリンスは続けた。

「廃部寸前でどうしようもないテニス部を救うために、今日は晩ごはんがカレーで早く帰りたかったけどやむなく来たよ！」

「うわああ！　さすがプリンス！　自ら名乗るばかりでなく、言わなくていいことまで言うぜ！　対応がきめ細かい！」

　プリンス十四松は、そこらのヒーローとは一味も二味も違うのだ。

　普通ならば暗黙のうちに流される事実さえ、わざわざ口にする。

　カリスマ助っ人である自分の登場が、救われる弱者たちに与える影響も事細かに伝えるサービス精神こそ、彼の真骨頂だった。

「急に来て毎日必死に練習してる部員を押しのけて試合に出るよ！　だって弱いもんね！」

「うわああ！　言わなくていい！　とことん言わなくていい！」

「部員の面子は丸潰れだし、いつか思い出話する時に微妙な空気になるだろうけど気にしないよ！」

「もうやめてくれえええええ！」

　死体蹴りさえ華麗に決める。それがカリスマ助っ人だった。

「しかもあいつ全然中学生じゃないからな！」

「ぶっちゃけ二十歳超えてるからな！」

「こんなとこ来てないでさっさと就職しろよ！」

　カリスマの奔放さには、誰もが恐れおののくしかない。

〝F●LA〟と意味深に伏せ字されたキャップをかぶり、プリンスがずんずんとコート内に入っていく。

英語の成績が心配な一年生はおそるおそるコートから下がっていった。

そしてプリンスは、ネットを挟み相手と睨み合う。

「なんだぁお前？　カリスマ助っ人だと？」

だが相手も怯まない。

何しろ彼は、昨年の全国大会準優勝校——『私立腕ひしぎ逆十字学園』が誇る絶対的エースなのだ。

突然の闖入者に、エースは不機嫌さを隠さず、吠えた。

「普段からテニスもしねえやつが！　この二〜三年に五〜六人と言われるほぼほぼ天才プレイヤーの俺に敵うと思ったか⁉」

「……！」

目の前で啖呵を切られたプリンス。

確かに相手の言うことはもっともだ。言うことも変に生々しい。

いくら天性の運動能力を誇ると言っても、プリンスにテニス経験は一切ない。

はっきり言ってしまえば、『ジャンプSQ.』でテニス漫画を読んでいるだけで、なんとなくできる気になっているだけなのだ。

この挑発に対し、カリスマ助っ人が何と答えるか。

周囲は固唾を呑んで見守った。

そしてプリンスはたっぷり間をとり、言ったのだ。


「まだまだだね！」


「うわあああ！　すごい！　何のてらいもなく言った！　さすがカリスマ！」

さらにプリンスは、赤塚学園中等部テニス部員たちを指さして、

「お前らもまだまだだね！」

「知ってるよ！　まだまだだから廃部の危機なんだろ！」「聞きたくねえ！」「絶望の重ね塗りやめろよ！」

このサービス精神には頭が下がる。

ヒーローとは、時に容赦なく事実を明るみにするものなのだ。


――そして運命のラストゲームは始まる。

「ちょっと待った！」

が、マントをはためかせ、ストップをかけたのはプリンスだった。

「あぁ？　急になんだ？　まさか今さらビビったんじゃねえだろうな？」

サーブを邪魔された相手エースが、挑発混じりに言った。

対するプリンスは物怖じする様子もなく、

「その逆さ！」

と首を振った。

「ここはテニスコート。きみが打とうとしているのはテニスボール。さらにここにいる全員がテニス関係者……」

プリンスの言わんとするところを誰もがはかりかねた。

ヒーローとは往々にしてそういうものである。誰もが思いつかないことを考えているからこそ、ヒーローは輝きを放つのだ。

「こういう場合、わざと相手に有利な条件を提示して、その上で叩き潰すのがカリスマ助っ人の戦い方だよな……」

「あるいは、そうすることで相手を逆上させて、正常な判断力を奪う戦略か」

テニス部員たちは必死に想像を巡らせる。

プリンスは言った。

「でもここは、ホームラン競争で勝負しない!?」

「うわあああああ！　はなからテニスする気ねぇええ！」「全然逆じゃねえ！　普通にビビってるぅうう！」「っていうか野球のユニフォーム着てきてる時点で予想すべきだった！」「何ならラケットじゃなくてバット持ってるしな！」「それが予想できなかった時点で俺たちの負けだぁぁあああ！」

常に周囲の予想を裏切る。それがヒーローの生き様だった。

対する相手エースは冷や汗を拭いながら言った。

「面白ぇ……」

そして背中からすらりと金属バットを抜き出した。

「やってやろうじゃねぇか……！」

勇気ある決断にテニス部員たちは沸いた。

「全然面白くねぇよ！」「何でバット持ってんだよ！」「お前ら打ち合わせしてただろ！」

「テニスする気ねぇなら二人とも野球部いってくんない⁉」

だが二人の生み出した熱量は、多くの人を巻きこんでいく。

コート外、金網の向こうには、予想外に大勢の観客が立ち並んでいた。

「ふむ……バッターボックスの十四松は荒削りながら一発の怖さをもっている」

「対する相手はシュアなバッティングが持ち味か」

「インハイへの対応が勝負を分けるな……」

いかにも玄人然とした、四十代ほどの男たち三人が戦況を分析する。

浅黒い肌に、均整のとれた肉体。グラウンド感覚に富んだ物言いは、かつて現場で相当鍛えられたことを思わせる。

「完全に野球の話になってんじゃねぇか！」「変なやつら寄せつけんなよ！」「あいつら絶対野球部のＯＢだろ！」「もう取り返しがつかねぇ！」

テニス部員たちは一層盛り上がった。

プリンスの登場により、戦況は一変。

そう、これが彼のやり方だった。

彼はいつもこうして、あらゆる部活へ顔を出しては、力技でルールを野球に変えてきた。

サッカー部でも、バスケ部でも、家庭科部でもだ。呼ばれないのに行ったパソコン部では、気分で千本ノックを披露して高価な精密機器の数々をガラクタに変え、阿鼻叫喚の様相を呈したのは記憶に新しい。

誰にでもできることじゃない。

すべては日頃の積み重ねのなせる業なのだ。


そしてラストゲームは始まり――決着。

「「「うおおおおおおお！　勝ったぞおおおおおおおお！」」」

雄たけびを上げたのは、腕ひしぎ逆十字学園。

日頃から鍛え抜いた肉体は、少々スポーツが変わろうと揺るがない。

何しろプリンス十四松はテニスをやったことがない。

何なら野球だってまともにやったことがないのだ。

プリンスは、テニス部員たちを振り返って言った。

「……やれやれだぜ！」

「「「「お前がな!!」」」」

さようなら、赤塚学園中等部テニスクラブ。
ありがとう、赤塚学園中等部テニスクラブ。
——プリンス十四松の戦いはこれからも続く。

裁判
07
LIGHT NOVEL
OSOMATSUSAN
ATOMATSU

「――それでは、ふたたび開廷するざんすよ」

埃まみれで、ところどころ破けた法服を着たイヤミが、軽く息を切らせながら告げた。

尻のポケットには、ねじこんだクシャクシャの二〇〇〇円。

先回、チョロ松の二〇〇〇円を巡り、6つ子と醜い争いを繰り広げたイヤミ。

結果、法の番人として裁判を続けることを条件に、まんまとそれを手中にした。

「コホン、いいざんすか？　神聖なる法廷ではいっさいの、偽証、強要、買収の類は許されないざんす」

いったいどの口が言うのだろうか。

被告人：一松
罪名：在宅偽装罪（家に誰が来ても絶対に出ない！）

「では検察のおそ松、起訴状を朗読するざんす」

「よ〜し、いっちゃうよ〜」

検察側の席に座っていたおそ松が、伸びをしながら立ち上がった。

んんっとそれらしく咳払いをすると、

「一松ってさ、家に誰が来ても絶対に出ないよね？　チャイムが鳴っても無視するし。家にいる時間が一番長いくせにさ、あれ困るんだけど」

すると、傍聴席に座っている兄弟たちが一斉に「あーあるある」と同調した。

「そうそう、ボクの荷物が届いても受け取ってくれないし！」

トド松はおかんむり。

「確かに、あれ面倒臭いんだよね。僕たちの部屋二階だから、階段おりなきゃいけないし」

チョロ松もうんうんと頷いた。

「ですよね～？　困りますよね～？　我々は団体生活をしているんですからね～？　一人の身勝手が場の規律を乱すんですよ～」

おそ松は身ぶり手ぶりを加え、芝居がかった口調で迷惑ぶりをアピールする。

普段から最も場の規律を乱しているのは自分のくせに、このイヤらしさである。

「それにね～？　平日の昼間に大の大人が家にいるわけだから。相手から無言のプレッシャーを受けるわけですよ。『あれ、この人いつもいるな？』『もしかして働いてないのかな？』ってね。その十字架を他の兄弟に背負わせてばかりってのはどうなんですかね～？」

そもそも自分たちがニートなのが悪いことを棚に上げ、一松を糾弾する。

「……！」

周囲の視線が集中し、沈黙を貫(つらぬ)いていた一松も、これには耐えかねた。

下を向いたまま、もごもごと答える。

「し、仕方ないだろ……忙しいんだから」

「忙しいっ？　ほ〜何が忙しいんですかね〜？　特にやることもなく〜？　ただ毎日を無駄に過ごしているだけだというのに〜？」

繰り返すがこの男もである。

それなのにここまで煽(あお)れるところが、松野(まつの)家が誇(ほこ)る長男の胆力(たんりょく)である。

「や、やることはある！　猫の世話とか！」

立ち上がって言い返す一松に、今度はトド松が反論した。

「猫の世話？　いつも猫なでてるだけじゃん！」

「それが忙しいんだよ！　猫がなでてとせかすんだ！　人なんかどうでもいいだろ！」

「もう価値観が歪(ゆが)んでるよこの人！」

被告人の闇(やみ)は思ったよりも深い。

「ちょっとは協力してよ！　一松兄さんはずるい！」

トド松の訴えに触発され、再び兄弟たちの不満が噴出する。

「電話が鳴っても出ないよね！」と、十四松(じゅうしまつ)。

「母さんのおつかいも聞こえないふりするよね」と、チョロ松。

「フッ……確かにな」

そしてカラ松（まつ）が、おもむろに前髪をかきあげた。

「確かに……オレが呼んでも無視するな」

「それは仕方ないんじゃない？」

「なぜだおそ松!?」

「僕もよくするし」

「チョロ松!?」

「常識だよね」

「トッティ!?　ひどくないか!?」

まるでカラ松への冷遇が、朝起きたら顔を洗う、寝る前には歯を磨（みが）く、それと同じくらいの常識レベルだと語る兄弟たち。

「仕方のないやつらだ……」

カラ松は気を取り直して言った。

「ともかく、客が来た時はせめて出てくれ。でないと、せっかくオレに会いに来たカラ松ガールズに申し訳が立たない……」

「捕まりたいのかクソ松。目を覚ませ」

「一松!?　お前の罪の話をしてるんだ！」

「あーもう！　やかましいざんす！　面倒だから判決を言い渡すざんす！」

収まりのつかない議論に嫌気がさしたイヤミ裁判長。

木槌をカンカンと打ち鳴らし、判決を言い渡した。

「カラ松、有罪！　禁固十年を言い渡すざんす！」

「なぜオレが⁉　おかしくないか⁉」

「連れていくざんす！」

「NO〜〜〜〜〜〜〜〜〜⁉」

被告人：十四松
罪名：家庭内騒乱罪（もうあの醸し出す空気がダメ）

「では、次は僕が起訴状を読み上げます」

裁判長に促される前に、検察側のチョロ松が自発的に手を上げ、立ち上がった。

どこから持ってきたのか、いかにも賢そうなシルバーフレームの眼鏡。すっと伸ばされた背筋。さすが、兄弟一の常識人を自称するだけあり、スマートかつ論理的な起訴内容の朗読が期待された。

「被告人――十四松は、もうなんか醸し出す空気がアレでダメです」

からのこれである。

しかし、こう言うほかないのである。それが十四松という男なのである。逆に表現が拙象的であればあるほど的を射てくる、そんな奇天烈で、雲のように実態のつかめない摩訶不思議な存在が、十四松なのである。

「川で不可解なバタフライ、毎日ユニフォームを着て出かけていく割にまったく野球をしている節がなく素振りだけして帰ってくる奇っ怪な行動。もはや怪談です」

「え～？　そうかな～？」

被告人の十四松は意外そうに、手足をタコの触手のようにニョロニョロとさせながら首を傾げる。

「それ！　それだよ！　どうやってんの⁉　最近僕も気づいたんだ！」

チョロ松が大袈裟に指をさして訴える。

「ユーチューバーの時から変だと思ってたんだよ！　本当おかしいからね⁉　人間じゃないじゃんそれ！　なんでＴＶの取材とか来ないか逆に不思議！」

しかし、おそ松は平然と答える。

「まーでも、十四松だからね？」

トド松、一松も、何でもないことのように答える。

「そうだよね、十四松兄さんだもん」

「チョロ松兄さん、落ち着いたら？」

「これだよ！　僕ら慣らされすぎてて、この異常さが理解できなくなってるんだよ！」

チョロ松一人が気づいてしまったのだ、弟の異常性に。

兄弟だから、ずっと一緒だったから、今まで気づかなかっただけなのだ。

しかしおそ松は不思議そうな顔のままで言う。

「はは、そんなことないでしょ。なに言ってんのチョロ松。な～？　十四松？」

「うん！　普通だよね！　普通普通！」

十四松はギュルルル、ギュルルルと、体をトルネード状に変形させて回転し、右へ左へ浮遊する。

「はい出た！　それもおかしいから！　なんで人間の体が螺旋状になんの!?　宙に浮いてることに誰か突っこもうよ！」

しかしチョロ松の叫びはむなしく響く。そればかりか、

「チョロ松兄さん……？」

「疲れてるんだ、そっとしておいてやろう……」

トド松と一松には憐れみの目を向けられる始末。

「はぁ!?　おかしいのはそっちだから！　みんな目覚まして!?」

まさに四面楚歌。誰もチョロ松の言うことを理解してくれない。

そこで――バタン！

法廷の扉が開き、現れたのはカラ松だった。

出で立ちはボロボロで、どうやら連行される途中で逃げ出してきたらしい。

「待つんだチョロ松！　兄弟に向かってそんなことを言うんじゃない！　十四松を責める

なら……代わりにオレを責めろ！」

バッと革ジャンの胸を開き、覚悟を決めて目をつむるカラ松。

「話をややこしくしないでくれる⁉　牢に帰って何度でも責められてろよ！」

「なっ……！　あ、おい待ってくれ！　まだ話の途中でっ……！」

そして、追ってきた役人たちに、有無を言わさず引っ立てられていくカラ松。

「あ～～～～～～～～～～⁉」

「むぅ……」

そこまで話を聞き、腕を組みながら唸ったのはイヤミ裁判長だった。

チョロ松は気づく。裁判長とは中立にして、世の理に通ずる者。

それに兄弟ではないイヤミなら、もっと客観的に十四松を見られるだろう。

ついに公明正大な味方を見つけたチョロ松は瞳を輝かせ、助けを求める。

「ほら裁判長！　どう見たっておかしいでしょ⁉　言ってやってよ！」

「チョロ松……？　今日はどうかしてるざんすよ……？」

「お前もかよ！」

誰にも理解されないチョロ松は、「ああああああ！」と声にならない声を上げる。

「なんでみんなわかんないの⁉　こんな知り合い他にいる⁉　気づいてよ！」

そこで何かを察したように、おそ松がチョロ松の肩に手を置いた。

「十四松はさ、十四松って生き物だから」

「え？」

「普通の人間だと思うからダメなんだよ。十四松は十四松っていう生き物。わかる？」

「十四松っていう生き物……？」

さらに一松が新たな学説を唱える。

「あいつは霊長類-十四松科-十四松属-十四松だから」

ヒトじゃなかった。

イヤミも納得したように頷く。十四松本人もわかっているのかいないのか、「そうそう！　それ！」と一緒になって頷いている。

それを聞いていたらチョロ松も急に合点がいって、

「あ、そっか……。十四松は十四松だもんね。僕がどうかしてたよ」

十四松――無罪。

被告人：トド松
罪名：とにかく努力が足りてない罪

「では脱獄犯のカラ松。起訴状を朗読するざんす」

「おい！　オレは脱獄犯じゃない！　無罪なんだ！　……いや、ある意味罪だが？　主にレディに対してな……」

再び追っ手を撒(ま)いて、法廷に舞い戻ってきた不死鳥、カラ松。

服はさらにボロボロだったが、自分の役目を果たすために帰ってきた。

「やっぱり有罪ざんすか？」

「違う！　無罪だ！　ただ、レディの心を惑(まど)わすことにおいては罪深いだけで……！」

「やっぱり有罪ざんすね？」

「無罪だ！」

いろいろと葛藤(かっとう)があるらしい。

キリがないため先を促(うなが)され、カラ松はやっと起訴状を読み始める。

「被告人のトド松には、ほとほと愛想(あいそ)が尽きている。一言で言えば努力が足りない。いったいどういうつもりなのかここで問いたい」

「はぁ⁉　カラ松兄さんにそんなこと言われる筋合いないんだけど⁉」

思い当たる節もなく悪(あ)しざまに言われたことで、トド松が逆上して言い返す。

「自覚もないか……罪深いやつめ」

「だから何が悪いのかって聞いてんの！」

深いため息をつくカラ松に、イライラしながらトド松が問い詰める。

カラ松は答えた。

「…………を卒業しないからだ」

「はぁ？　もっとはっきり言って！」

「お前がいつまでたっても童貞(どうてい)を卒業しないからだ！」

「はぁ⁉　何それ⁉」

話を聞いても釈然(しゃくぜん)としないトド松だが、傍聴席の兄弟たちは盛大に頷く。

そして、寄ってたかって被告人のトド松に食ってかかる。

「そうだぞトッティ！　お前が童貞卒業しない限り、俺たちに未来はないんだぞ！　早く彼女つくってかわいい友達紹介させろよ！」

「何そのゴミみたいな思考⁉　どんだけ他人まかせなの⁉」

さらにチョロ松が真剣な瞳でトド松を見つめる。

顔の前で手を組んで、その姿はまるで神に祈るようだった。

「トド松……お前は兄弟唯一(ゆいいつ)の希望なんだよ。光なんだ。僕たちはずっと待ってるんだ。頼むから……この信頼を裏切らないでくれ」

「頼むから自分で努力して⁉」

そして一松は半眼(はんがん)でトド松を見て、兄らしく厳しい口調で言い聞かせる。

「あのさ、危機感足りてないんじゃない？　ちょっとおれたちより女子と接点あるからって、その上であぐらかいてんじゃないの？　おれたちは底辺だよ？　その中でトップとったって、世間(せけん)的には依然として底辺だから」

「どの立場から説教してんの⁉」

「だからもっと合コンとか行ってくんないと。行けない時は行けないって言って？　困るのはこっちなんだから。それと年間の遊ぶスケジュールも提出を――」

「よく言えたね⁉ どの口が言ってんの⁉」

人頼みもここまでくるとすがすがしい。

トド松は、そんな兄たちを信じられないという顔で見た後で、助けを求めるように十四松へ視線を向けた。

「十四松兄さん！ ちょっと言ってやってよこの人たちに！」

しかしユニフォーム姿の十四松は、「ふんぬ！ ふんぬ！」と素振りを繰り返していて、

「十四松兄さん？」

よく見ると、十四松の足元には直径五フィートの円が白線で描かれていた。

そして素振りを終えた十四松は息を吐き、期待をこめた目でトド松を見つめた。

「……！（コクリ）」

「はいはいネクストバッターズサークルね！ 期待して待ってるんだね！」

早く自分を打席に立たせろという無言のメッセージだった。

ついにトド松は頭を抱えた。

「あーもう！ どうしてうちの兄たちは揃いも揃ってクズばっかなの⁉」

そして「そうだ！」と気づき、裁判長席を仰いだ。

「裁判長！ この人たちの方が有罪でしょ！ 早く判決を言い渡してよ！」

誰が見たって正義は自分にあると、トド松は信じて疑わない。

「う〜ん……」

「裁判長⁉　悩むことなんかないでしょ⁉　早く判決を！」

イヤミはなぜか天井を見上げて、思案に暮れていた。

そして、「決めたざんす！」と木槌を打つと、トド松に視線を向けた。

「トド松？　ミーはできるだけ若くて、おっぱいの大きな娘がいいざんす！」

「……！　…………！」

トド松は言葉を失い、次第にその表情は般若のごとく怒りに染まった。

「もう全員ブタ箱へ行け――――――――！」

鬼神と化したトド松は木槌を奪うと、一人ずつ粛清を開始。

法廷には阿鼻叫喚の悲鳴が響き渡った。

タダめしと6つ子
08
LIGHT NOVEL
OSOMATSUSAN
ATOMATSU

「大食いチャレンジ？」

「うん！　賞金十万円だってー！」

十四松がご機嫌で持ってきたチラシを顔面に叩きつけられ、一松は眉をひそめた。

駅前でもらって、早く知らせようと大急ぎで帰ってきたらしい。

「十万円だよ！　いいでしょ！　ほら見て見て！　一松兄さん！」

「十四松。……近すぎて見えない」

テンションが上がっているのはわかるが、顔面にチラシを密着させられた状態では何も読めない。ついでに息もできない。

軽く息を切らせつつ顔からチラシをはがすと、一松は内容を確認する。

どうやら近所に新しくできた中華料理屋の企画らしい。

今度の日曜に大食い大会を開き、優勝者には賞金十万円を進呈。

「ふーん……」

万年金欠に喘ぐ6つ子たちである。

文字通り食いつくに違いない話だったが、一松はあまり乗り気でないようだ。

「まぁ、猫の餌代になるし、十万円は欲しいよ。けど、おれ量食えないから」

一松は６つ子の中では特に食が細い。

それだけの賞金が出るとなれば参加者は少なくないだろうし、正直、優勝できる自信はなかった。

「んー……そっかぁ……」

残念そうな顔をする十四松。いつも通り口は開きっぱなしだし、何を考えているかわからない顔だが、兄弟にはニュアンスでわかる。

「それならいい方法があるよ？」

そこへ、ふすまがすらっと開く。

声の主はトド松(まつ)だった。

「いい方法？」と、一松が尋(たず)ねる。

「そう」

トド松はウインクをして答えた。

「ボクたちだからこそできるとっておきの方法だよ」

「まあ、おれたちがやるなら常套(じょうとう)手段か」
中華料理屋の前で一松は呟(つぶや)いた。
「うん。前にも似たようなことしたけどね」

トド松がはにかみながら言った。

二人の後ろには、十四松のほか、おそ松、カラ松、チョロ松と、6つ子全員が揃っていた。そう、この作戦は6つ子全員が揃ってこそ真価を発揮する。

一松が言った。

「一人で申しこんでおいて、こっそり六人入れ替わりながら食うわけか」

「そういうこと！」

それなら六人分の胃袋を総動員できる。

たとえ大食いの猛者がいたとしても、さすがに成人男性六人分の胃袋には太刀打ちできないだろう。

「あははは！　勝ったも同然だね！　ハッスルハッスル！　マッスルマッスルー！」

氏名欄に「松野十四松」と書かれた参加申込書を片手に、十四松が四肢を盛大にうねうねさせる。やる気満々だった。

「みんなやるよー！」

トド松の号令に合わせ、6つ子たちは円陣を組む。

「「「「「「十万え――――ん！」」」」」」

大食いチャレンジの参加者は、予想通り多かった。

広い店内に居並ぶ大食いファイターたち。

皿や机まで食いそうなレスラー風の巨漢もいれば、体躯は細いのに変に余裕を見せる優男もいた。仮面と全身を覆うマントで正体を隠し「グギャギャギャ……」と不気味に笑う黒ずくめの男など、どいつもこいつもクセ者揃いだ。

　ざっと見て四十～五十人はいるだろう。

　その中には見知った顔もいる。

「大食いキャラとして再びアイドル界に舞い戻るのよトト子……！　そう、母川回帰するサケのように！」

　焼き鮭のコスプレに身を包む弱井トト子。

「おフランス帰りの大食い術を見せてやるざんすよー！」

　金欠からの空腹に耐えかねていたところ、たまたま見つけた大食いチャレンジのチラシに生存をかけるイヤミ。ちなみにおフランスで大食い術は学べない。

　かなりの強敵揃いだ。

　その顔ぶれを扉の陰から覗き見て、参加者として席につく十四松以外の五人は危機感を募らせた。

「フンッ……敵に不足はない……。腕が鳴るな……！」

　カラ松が気丈に腕まくりをするが、その顔からは不安の色が隠せない。

　チョロ松が冷静に問題を提起する。

「トト子ちゃんとイヤミ。厄介なのは、知ってる顔がいることだね。不正がバレないよう

に気をつけなきゃ」

　誰もが負けるつもりはないはずで、優勝するためにはきっと手段を選ばないだろう。

　6つ子はズルがバレないように細心の注意を払う必要がある。

「まーなんとかなるでしょ？　バレないバレない！　それより俺この天津カニチャーハン食いたいなー？」

　料理のメニューを手に、能天気ぶりを見せるおそ松。

「うまくいけばいいけどね……」

　一松がぼそりと呟く。

　不安を抱えながらも、壮絶なる醜き戦い、大食いチャレンジは始まった。

「あははは！　交代――！」

「よくやった十四松。あとはオレに任せておけ」

　大食いチャレンジ開始から二十分が経過。

　猛烈な勢いで食い続けた十四松は、多くのライバルたちを突き放し、三位以内をキープ。余力を残しながら席を立った。

　そして男子トイレの、ある個室へやってくる。

　そこに五人が待っていた。

個室の扉には、チョロ松が書いた『故障中』の貼り紙がしてあった。そこが彼らの作戦基地であり、狭い空間に押し合い圧し合い、同じ顔の六人が潜んでいるわけだ。

「はい！　カラ松兄さん！」

「ああ」

カラ松は、十四松が脱いだ黄色のパーカーに素早く着替え、代わりに十四松はカラ松の青いパーカーを着用した。

「フッ、お前たちの出番はないかもな？」

ピッと人差し指と中指でサインを作り、残りの兄弟たちに向けてキメ顔をするカラ松。

「終わらせてくる……すべてをな」

会場へ向かおうとするその背中を、しかしトド松が呼び止めた。

「待って待ってカラ松兄さん！　クソグラサン！　クソグラサン外して！」

危ないところだった。

うっかりカラ松は、自慢のクソグラサンをつけたまま大食い会場へ向かおうとしていた。

「おお！　そうだった。ソーリーブラザー。オレの魂だ！　預かっておいてくれ」

十四松がカラ松のトレードマークであるクソみたいなグラサンをして出てきたら、さすがに顔見知りはそれが偽者か、あるいは十四松までクソになってしまったのかと疑うだろう。

「見せてやろう。ブラックホールと言われたオレの胃袋を！」

などとわけのわからないことを言っているが、ここからはカラ松のターンだった。

五人はトイレを出て、ごった返す観客に紛れながら戦況を見守った。

大きいことを言って出て行っただけに、カラ松は席につくなり死にもの狂いで食い始める。

なりふり構わないスタイルで、とても品が良いとは言えないどころか正直小汚いが、そのハイペースぶりには目を瞠るものがあった。

「やるじゃんカラ松！」

「そのままいっちゃえー！」

「限界まで食えクソ松！　そして死ね！」

兄弟たちも、カラ松に心から声援を送った。

しかし。

「……ん？」

突然カラ松の手が止まる。その視線が何かを捉えていた。

観客の中に大学生くらいの、割とかわいい女子グループを見つけたのだ。

「みんないっぱい食べるね～♥」

「サチコも出たら良かったのに～♥」

「ムリだよ～。わたしヤクルト一本でも残すんだよ～♥」

「きゃ～少食～♥」

きゃいきゃいと、大食いファイターたちの戦いを見て盛り上がる女子たち。

「……！」

すると、あからさまにカラ松の態度が変わった。

小汚いガツ食いを突然やめ、顔が隠れるくらい山盛りになったチャーハンから、やけに上品にスプーンで一すくいだけした。

そして優雅に口へ運ぶ。

「フッ……なるほど。この香ばしい匂い……焦がし醤油だな？」

ワインのテイスティングをするように、目を閉じて感想を漏らした。

いやらしい角度で顔を傾け、チラチラと女子グループに視線を送りながら、口の中で消えていく味の後ろ髪を反芻した。

「大火力で仕上げた豪快さの陰で光る繊細さ。一流は一流を知ると言うが、オレにはビンビン伝わってきた……」

もはや気分は一流のグルメである。

「ヘイ！　そこのウェイター！　礼を言いたい！　シェフを呼んでく――――はがぁっ!!?」

パチンと指を鳴らし、シェフを呼ぼうとしたカラ松のこめかみに、おそ松が全力で投じたジンジャーエールの空瓶が直撃する。

五人は憤怒に満ちた顔で、「交代だ」とトイレの方向を指さした。

「す、すまないブラザー……出来心だったんだ」

トイレの個室へ入るなり、うなだれるカラ松。

「何が出来心だよ！」

おそ松の罵声が飛ぶ。

「うわあああああああああ!?」

パーカーを脱ぐだけでいいのに、なぜか身ぐるみ剝がされ、ブリーフ一丁でトイレの窓から捨てられるカラ松。

「じゃあ次は俺が行くから」

三番手を申し出たのはおそ松だった。

カラ松から剝ぎとった黄色のパーカーをかぶり、十四松を装って会場へと向かう。

「んーそうだなー……」

席につくなりのんびりとメニューを眺めて手を挙げる。

「じゃあ天津カニチャーハン！　大盛りで！」

ちなみに食べるものは参加者が自由に注文できるルールだ。

提供される前に、メニューそれぞれの重量が量られていて、完食した料理の総重量で順位を競う。好きなものばかり食べてもいいし、いろんな種類を食べてもいい。油ものは極力避けるなど、多く食べるための効率を考えて注文するのも戦略のうちだ。

「食うぞー！」

おそ松は猛烈な勢いで食い始める。

「おお！　やるね！　おそ松兄さん！」

チョロ松が小さく歓声を上げる。

これぞ長男の面目躍如だ。

カラ松が失った十四松の大量リードを着々と取り戻していく。

これからさらにブーストをかけて、と期待したところだった。

「……っ」

カラン、とおそ松は突然スプーンを皿の上に置いた。

「おそ松兄さん……？」

チョロ松が怪訝な顔をする。

ほかの兄弟たちも心配そうに顔を見合わせた。

「ごめん、もう無理だわ」

ざわつく五人。

なぜなのか。単純に食べる量で言えば、６つ子の中でも上位に位置するおそ松。それが、限界量の半分もいっていないこの時点でスプーンを置いた。

具合でも悪いのかと心配する五人だったが、

「そういえば、腹減ったから家でごはん食べてきたんだったわ」

「お前何してんの⁉」

「ぁ痛っ⁉」

今度はチョロ松が投げたオレンジジュースの空瓶がおそ松の頭部を襲った。


6つ子たちはトイレの個室に集合する。

「はは、悪い悪い、でも腹減っちゃったから仕方ないよね」

まったく悪びれないおそ松。

ため息で返したのはトド松だ。

「もういいよ。おそ松兄さんには最初から期待してないから。次はボクが行く」

おそ松はトド松が脱いだピンクのパーカーを着用。

そしてトド松は十四松の黄色いパーカーを着て席へ向かった。

トド松はメニューを見て、あごに指を当てながら注文をする。

「えっと、この点心三種盛りと、エビチリと、青菜炒めください。あ、あと杏仁豆腐とマンゴープリンも！」

どうやらトド松は複数の料理で攻める作戦のようだった。

「んー、この小籠包おいしい！　こっちのエビチリも！」

いろんな皿からつまんでは、喜色を浮かべて食を進めていく。

「すいませーん！　追加で回鍋肉！　あとゴマ団子も！」

さらに手を上げて追加注文。

それほど普段は食べる方ではないトド松だが、なかなかのペースだ。

「トッティ、今日はやる気だー！」

「頼もしい弟だ……」

その積極的な姿勢に、見ている兄弟たちも感心する。

しかし、おかしかった。

しばらく見ていても、トド松の完食重量が動かない。１gもだ。

というか一皿も完食していない。

まさかトド松はルールを理解していないのでは？　皿のものをすべて食べきらないと、食べた量としてカウントはされないのだ。

兄弟たちは不安になる。

チョロ松が、観客の中からトド松に助言した。

「おいトッテ……じゃない十四松！　数字が伸びてないぞ！　完食しないと食べた量に加算されないんだよ！」

「え？　知ってるけど？」

「じゃあなんで！」

「うーん」

トド松はきょとんとして、かわいらしく唇（くちびる）に指を当てた。

そしてつぶらな瞳で答える。

「だって……いろんなものを少しずつ食べたいよね？」

「ＯＬか！」

チョロ松は親指でトイレの方向を指し示す。

「どいつもこいつも！　お前も戻ってこい！」


そしてまた、トイレの個室。

「はぁ……せっかく美味しかったのに。そういう女の子のキモチがわからないから兄さんたちは童貞なんだよ」

「童貞はお前もだろうが！　もういい！　僕がいく！」

痺れを切らせて、次に黄色のパーカーを受け取ったのはチョロ松。

席につくなり、流れるようにメニューをめくる。

「なるほどね……ふんふん」

そして目を閉じ、十秒ほど考えると、カッと見開く。

「……見えたッ…………！」

６つ子の中では自称頭脳派のチョロ松だ。何か策を思いついたらしい。

「海鮮塩やきそばを超大盛りで」

海鮮塩やきそば。それは濃いめの味付けが多いこの店の料理の中で、サラダや野菜の炒め物を除けば、比較的薄めの味のものだった。かつ、それなりに重量もある。

「麺類(めんるい)は食べやすく、あっさりめの味付けは胃に負担をかけない。つまり最も効率的に量を食べられるのがこの料理ってわけさ」

チョロ松は、食べやすい料理一品に絞(しぼ)り、そこで集中的に量を稼(かせ)ぐ作戦に出るようだ。

彼の戦略はそれだけにとどまらない。

「店中の調味料を持ってきて」

会場がざわめいた。

どういう意図がある？　せっかくあっさりした味付けの料理を頼んだのに、調味料で味を加える？　不可解な注文だった。

店の給仕担当が言われた通り店中の調味料を持ってくる。

醤油、マヨネーズ、辛子(からし)、ケチャップ、ラー油に豆板醤(トウバンジャン)。一般家庭ではなかなかお目にかからない特殊なものも揃っていた。

チョロ松は、ほどなく運ばれてきた海鮮塩やきそばに取りかかる。

その思惑(おもわく)は？　この男の動向を会場中が固唾(かたず)を呑(の)んで見守った。

「ここだッ……！」

すると、チョロ松が動いた。皿に盛られたやきそばの三分の一ほどを食べると、残りのやきそばに醤油をかける。

「味を変えているのさ」

誰も聞いていないのにチョロ松は答えた。

味を変える。それは、大食いの業界ではよく使われる技術だった。

同じものばかり食べていると味が単調になって食が滞るが、調味料で少しずつ味を変えるとそれを緩和できる。

「今日の僕に隙はないよ」

チョロ松は大食い初体験でありながら、なんとその技術を操ったのだ。

「チョロ松兄さん！　すごいすごい！」

十四松が跳び上がって頭の上で拍手する。

それを一松が慌てて押さえつけ、口をふさいだ。

バレてないだろうなと気を配りつつ、兄弟たちはチョロ松の放つ知性に、生まれて初めて感心していた。

「くッ……」

しかし、味を変え始めた当初は良かったが、だんだんとチョロ松の食べるペースが落ちてくる。

今度はどうしたんだと、兄弟たちはもちろん、会場中がざわめいた。

見れば、チョロ松の前の海鮮塩やきそばは、ありとあらゆる調味料をかけられて、前衛芸術のようなグロテスクな色合いになっていた。

チョロ松の顔色も、見たことがないほど真っ青で、

「オエ……オエェェェェェェ……………………まっず…………」

策士策に溺れる。いや、自意識に溺れたのだ。

いろんな調味料をかけすぎて、とても食えたものではない味になってしまったのである。

「アホだ……」

一松が投げたウーロン茶の空瓶が、うずくまるチョロ松の脳天にヒットした。


「じゃあ次は一松行けよ」

「え、おれ？」

トイレの個室で不貞腐れたチョロ松に言われ、見るからに嫌そうな顔をする一松。

とはいえ、これは六人での共同作戦だ。

やむなく一松も了承した。

「……わかった。でもあんまり期待しないで」

一松が十四松の服を着て席につき、まずはトド松が残した食べかけの皿から片付けようとした時だった。

「ちょっとお前？　さっきから怪しくないざんすか〜？」

声の主はイヤミだった。

「何回も席を外しては戻ってきて。そのたびに感じが変わっている気がするざんすが〜？」

明らかに怪しんでいた。

確かに、十四松のパーカーを着てはいるものの、それほど十四松に似せることなく大食いに挑んできた五人だ。頻繁に席を外すのもおかしいし、名前を呼び間違えそうになった局面もあった。

顔見知りには怪しまれても仕方がない。

トト子は目の前の料理に没頭していて気づいていない様子だが、目ざといイヤミはごまかせなかったようだ。

「お前……本当に十四松ざんすか？」

「……!!」

核心を衝かれ、一松はぎくりとして固まった。

箸でつかんでいた回鍋肉の豚肉がぽろりと落ちる。

——なんでよりによっておれの時に……！

一松は外れくじを引かされた気分だ。自分より前の連中がもっとうまくやっていれば、こうはならなかったはずなのに……。

「どうざんすか〜？」

イヤミはニヤニヤ笑いだ。これはほぼ、相手が偽者だと確信を持っている。

イヤミの腹はすでにはちきれんばかりに膨れており、時折苦しそうにゲップをしていた。きっと限界は近い。だからこそ、こうしてカマをかけ、ライバルを蹴落とそうという魂胆だろう。

「バカ元気なのが十四松で、根暗なのが一松。それくらいはミーにもわかるざんすよ～？」

「っ……！」

いろいろ文句はあるが、その前にこの場を切り抜けなければならない。

ここでバレれば賞金十万円がパアになる。

自分だけならまだ良いが、観客に混ざって兄弟たちが「絶対バレるな」と鬼のような視線を向けてくるから降りるわけにもいかない。

「……」

一松は黙ってイヤミに首を振る。そして何事もなかったように回鍋肉を食べ始める。しかしそんなことでは追撃の手は緩まない。

「ん～？　十四松～？　お前そんな大人しい性格だったざんすか～？　それではまるで一松のようざんすね～？」

「っ⁉」

完全に見透かされている。ショックを隠せない一松。

肩がぴくりと動いて、悪いことにその動揺さえ悟られてしまった。

「もしかして図星ざんすか～？　ん～？　もし違うなら証拠を見せるざんす～？」

追いこまれた一松。

もう食べている余裕もない。一松は箸を置き、助けを求めるように観客席にいる兄弟たちに視線を送った。

兄弟たちは、一松に向かって手を合わせ、ただ祈っていた。
どうにかこの場を脱してくれ、と。
――やるしかないのか。
やむなく一松は覚悟を決めた。
ゆっくり椅子を立つ。
そして両腕を横に広げ、波打つように動かした。
「あ……あははは……！　お、ぼくは十四松だよ～……あははは……」
ヘタクソにもほどがあった。
見ている兄弟たちも、揃ってハイライトの抜けた瞳をしていた。
苦しいのは一松自身もわかっていた。
だからだらだらと、全身から汗が流れ落ちる。
とはいえ隙は見せられない。
追撃を受ける前に、一松はさらなる手を放つ必要がある。
一松は両腕でガッツポーズを作り、机のまわりをのしのしと歩き始めた。
「マ、マッスルマッスル～！　ハ……ハッスルハッスル～～！」
痛々しい。常人なら死んでいた。
顔が真っ赤になり、羞恥心で一松の自我が崩壊しかける直前だった。
それを救ったのは誰でもない――十四松。

突如、観客席から何か小さな袋が投げこまれる。

「ぶべっ⁉」

それが一松の顔面に直撃し、ボンッという音を立てて破れた。

それが何個も何個も。

すると、その場にもくもくと煙のようなものが立ちこめた。

「な、なんざんすかこれは⁉　煙幕⁉　それとも小麦粉ざんすか⁉」

イヤミの視界が奪われる。それは何かの粉末だった。

ゲホゲホと咳をしながら、イヤミは指で触って粉末の正体を確かめる。

「少しベタつきがある……これは……松ヤニざんすか⁉」

その通り。

「あはははははは！」

十四松が陽気な笑いを上げながらいくつも投げこんだのは、ロジンバッグだった。

ロジンバッグとは、野球のピッチャーが使う滑り止めの袋で、炭酸マグネシウムと松ヤニからなる粉末がこの煙幕の正体だった。

一松は、ロジンバッグを顔面に受けたダメージで卒倒し、床に寝転がったまま起き上がらない。

十四松はそこから服を剝ぎ取り、即座に着替える。

やがて煙幕が晴れると、席に座っていたのは黄色いパーカーを着た十四松。

「じゅ、十四松⁉」

イヤミが目を剝いた。

ぱっと見でわかる。これはさっきまでの相手とは違う。

十四松は、すでに猛烈な勢いで料理を消化し始めていた。

そのスピードが尋常ではない。

これまで兄弟が足を引っ張った分をみるみる挽回していく。

それにつられて他の参加者もペースを上げるが、とても十四松の速度にはついていけない。もう「食べている」とは表現できない。「飲みこんでいる」あるいは「流しこんでいる」というのが正しい。

「モウ……食エマセン……！」

その圧倒的な速度にペースを乱され、次々脱落していく参加者たち。

いかにも食いそうだった巨漢レスラーが地響きとともに床へ倒れこむ。

「あいつすげぇな……。大食いの歴史を変えんじゃね？　無理。ヤバみある」

変に余裕を見せていた優男はなんの意外性もなくすでに脱落し、ただ十四松の食いっぷりをヘタクソに解説する役に成り下がっていた。

「グギャギャッ……クギャ……ンッ……⁉　の、のどがッ……！」

黒マントの男は無理して変な笑い方を続けたのが祟り、のどを痛めてリタイヤした。

「うお――！　いけ十四松――――！」

「十四松兄さ――――ん！」

おそ松やトド松、そして他の兄弟からも口々に声援が飛ぶ。

「まずいざんす！」

イヤミもこうしてはいられないと食事に戻るが、一度食べるのをやめてしまうと、腹の膨満感もいや増すものだ。

「く、苦しいざんす……」

「あはははははは！　これおいしいね！　味覇がきいてる！」

しかも料理を味わう余裕さえ見せる十四松。

それがライバルたちの絶望感を煽った。本気を出した十四松の前に、途方もない実力差を痛感してさらに脱落者が増えていく。

もはや最初から十四松一人で参加していればよかった感さえある。

「味覇！　味覇おいしい！」

もはや料理の感想ではない。

だが、まだまだ骨のある敵は残っていた。

「アイドル復帰……アイドル復帰……！　全国民にトト子様ブヒィと言わせてやるのよ……！」

一人は弱井トト子。

そしてイヤミも、苦しみながら追いすがってくる。

最後の勝負はこの三人に絞られた。

ぐんぐん追い上げる十四松。逃げるトト子とイヤミ。

一進一退の攻防に、見ていられなくなったおそ松が提案した。

「よし！　みんなで飛び入り参加しよう！」

「え？　何言ってるの？　今から参加したって勝てっこないよ！」

「違う違う！　妨害するんだよ！　イヤミとトト子ちゃんを！　二人が注文するのと同じものを頼んで、料理が出るのを遅れさせるんだ！」

「なるほど。それなら十四松をアシストできるね」

チョロ松も頷いた。

「フッ……そうだな。頑張っている弟を見捨てるわけにはいかない……」

キメ顔でカラ松は言ったが、身ぐるみを剝がされたままなのでほぼ全裸だ。

「よし行くぞ――――！」

「「「お――――！」」」

おそ松、カラ松、チョロ松、トド松の四人は、急遽飛び入り参加する。

これは違反ではない。誰も想定していなかっただけだが、チラシに書かれたルールには【飛び入り参加禁止】とは明示されていない。

やがて目を覚ました一松を加え、八人での乱戦となる。

「うっぷ…………もう無理ざんす…………」

まずイヤミが倒れ。

「私は諦めない……何度でもよみがえる…………」

魔王のようなセリフを残し、弱井トト子も脱落した。

そして残ったのは——

「あははははは！　おかわり！　もうないの——!?　味覇！」

十四松。

歓喜に沸く6つ子たち。

賞金十万円をかけた大食いチャレンジは、見事十四松が優勝となった。

——かと思われたが。

「……」

状況を見て、中華料理屋の店主が動く。

無言のままあごを使い、厨房の奥から何者かを呼び出して会場へ向かわせる。

それは、店主があらかじめ用意していた隠し玉。

賞金が奪われそうになった時に登場させ、勝利をかっさらう必勝請負人だった。

ニヤリと笑う店主。つまり店側は、人を呼ぶだけ呼んで、誰にも賞金十万円を渡すつもりはなかったのだ。

「あれは……」

その男の正体を見て、トド松が戦慄した。

中年に見えるが確かな年齢はわからない。横に広がる信じられないほどの大きな口。

「「「「ダヨーンだ――!!」」」」

十四松以外の五人が一斉に声を上げた。

店側の秘密兵器はダヨーン。あの巨大な口と、まるで苦しみを知らないような人智を超えた精神が牙を剝く。

十四松以上に不可解な存在ダヨーンが、たかが大食いを苦手とするはずはなかった。

「ダッヨ〰〰〰〰〰〰〰〰〰〰〰〰〰〰〰〰〰ン!」

怪音波とも言うべき大声が、耳を劈き、びりびりと店の窓を揺らした。

それと同時に、強力な吸引機のように、ダヨーンの口の中へ店中の食べ物が吸いこまれていく。

「やばいぞ十四松! ペースを上げろ!」

「わかった――――――!」

おそ松に急かされ、十四松がさらに食べるペースを速める。

しかしもはや焼け石に水。

「「「「ええ〜〜〜〜〜!!?」」」」

ダヨーンの口は料理に飽き足らず、食器や鍋、店の什器まで無差別に吸いこみ始めた。

「……やばい」

「一松兄さん!」

ついに一松が体ごと吸いこまれそうになり、咄嗟にトド松が捕まえる。

「ああっ⁉　マイバディ――――⁉」

代わりにカラ松のブリーフが犠牲になる。

「ダッヨ～～～～～～～～～～～～～～～～～～～～～～～～～～～～～～～～～～～～～ン！」

机や椅子が飛び交い、人と人が絡みあう。

それから数分、店内はまるで宇宙空間のような、混沌とした様相を呈した。

そして――。

死屍累々となった大食い会場。

「もう大食いはこりごりだ……」

「早く帰ろうよ……」

疲労困憊で床に転がる６つ子たち。

肩を貸しあい、立ち上がろうとしたところで、中華料理屋の店主に首根っこを摑まれる。

「え……なに？」

朦朧としながらおそ松が尋ねる。

店主は何かを差し出した。それは大食いチャレンジのチラシだった。

『優勝者には賞金十万円！』

それは大きな文字で躍っている。

しかし店主はそこではなく、チラシの下の方の、ごくごく小さな文字で書かれた文言を指さした。

『――なお敗者には食べた分の代金をすべて支払っていただきます』

「「「「「「え……？」」」」」」

驚きに目を見開く6つ子たち。

賞金十万円に目がくらんで、誰もその文面に気づかなかった。

「「「「「「え――――――――――――――――!?」」」」」」

店主がその場で電卓をはじく。その金額は、二十万八千五百円。

賞金十万円が泡と消えたどころか、借金を背負った6つ子たち。

その返済のため、しばらく店の掃除と皿洗いに明け暮れることになった。

「あははっ！　大食いって楽しいね！」

「……だから言わんこっちゃない」

楽しそうな十四松をよそに、死んだ目で皿を洗う一松だった。

店番カラ松

09

LIGHT NOVEL
OSOMATSUSAN
ATOMATSU

その日、部屋でくつろいでいたカラ松のもとに、意外な訪問者が現れた。

「てやんで……ばーろー……ちく……しょー……」

その訪問者は地面を這いずりやってきて、やっとのことで松野家の戸を開けると、喉から絞り出すような声を出した。

「……誰だ？」

手鏡を窓に固定して、カッコいいポーズの研究をしていたカラ松の耳に、その蚊の鳴くような声が届く。

「……嫌な予感がする」

カラ松は颯爽と部屋を飛び出すと、階段を駆け下りていく。

そこで目にしたのは、

「カラ……松……。おいらとしたことがしくじった……ぜ……」

顔面を青く染め、息も絶え絶えとなったチビ太だった。

「チビ太!?　いったいどうした!?」

カラ松はチビ太に駆け寄り、膝をついてその体を助け起こす。

「へへ……こんなはずじゃなかったんだけどな……すまねえカラ松……」

「いいんだ！　何があったか言え！」

時代がかった刑事ドラマ風に、熱をこめるカラ松。

「こんなになるまで……！　いったい……誰がこんなことを……っ！」

ただ事ではないとカラ松の勘(かん)が告げていた。チビ太はこう見えて、おでん屋で鍛(きた)えた腕っぷしと、骨のある性格が自慢の男だ。

それがこんなひどい姿になるなんて——間違いなく事件だ。

チビ太は悔(くや)しそうに唇(くちびる)を噛(か)み、震える声で答えた。

「…………風邪だ…………」

「何だって⁉　もう一度言ってみろ！」

「……風邪だ…………」

「風邪だって⁉　……え？　……風邪？」

「ああ、風邪だ……」

「……」

一瞬言葉を失うカラ松だが、目の前のチビ太は苦悶(くもん)の表情だ。気を取り直してさらに詳(くわ)しい話を聞かせろと促(うなが)す。チビ太は続けた。

「湯冷めしたんだ……」

「湯冷め……」

「ああ……。おいらは、おでんのタネの気持ちを知るために、ダシで満たした風呂に入る

習慣があるだろ……？」

「そ、そうなのか……？　知らなかったが……ク、クールだな……」

「それがあまりに気持ち良くてな……。風呂に入ったまま眠っちまって、目を覚ましたら朝になってて、ダシの湯も体も冷え切っちまってたってわけさ……」

「そうか……なんというか……自業自得だな……」

「ちくしょうっ……！　なぜおいらのダシってのはあんないい香りがしやがるんだ……！　眠っちまうのも無理はねぇっ……！」

「そうか………」

急速に事態から気持ちが離れていくカラ松。

「だが……今夜も屋台は出さなきゃいけねぇ……」

チビ太は荒い息遣いのまま、無理をして立ち上がろうとする。

だからカラ松はたしなめる。

「おい、チビ太。風邪なら休んだらどうだ？　無理はするな」

「てやんでバーローチクショー！　そんなことできるかよ！　おでんの屋台はおいらの生きがいだぞ!?　この命に代えたって屋台は開く！」

「チビ太……」

「止めるなカラ松！　おいらは不器用にしか生きられねえ男なんだ！」

「いや、別に止めるつもりはないが」

「そこまで言うなら……頼まれてくれるか？」

支えていただけのカラ松の手を振りほどき、玄関を出ようとしたチビ太は、くるりと振り向いて期待をこめた目でカラ松を見る。

「いや……そこまでも言ってないが」

「おいらの代わりにおでんの屋台を開いてくれ！　今夜だけでいい！　頼む！」

「ああ……」

あまりに一方的な展開に、カラ松はついていくだけで精いっぱいだ。

おでん屋の代理。

まぁ頼まれればやらないことはないが、できれば部屋で鏡に映る自分自身と対話をしていたい。

しかし、チビ太には恩もあった。普段からツケが積もり積もっている上に、チビ太の部屋に居候（いそうろう）をさせてもらった借りもある。

それに、チビ太がおでん屋にかける薄気味悪いほどの情熱も重々知っていて、屋台を出せない悔しさも、カラ松には理解できた。

チビ太はがばっと身を伏せると、カラ松に向かって土下座（どげざ）をした。

「お前を見こんで頼むんだぜカラ松！」

「オレを見こんで……？」

「ああそうだ！　おいらの頼もしいカラ松！」

「頼もしいカラ松……!?」

その魅惑的なワードが鼓膜を通り、カラ松の全身を揺さぶった。

頼もしい……。カッコいい……。女子にモテモテ……。ハリウッド進出……。

誰もそこまでは言っていないが、カラ松の心に火をつけるのには十分だった。

カラ松はすっくと立ち上がり、さっき何度も練習したカッコいいポーズを決めて叫んだ。

「フッ……任せておけチビ太！　この頼まれたらイヤとは言えないクールガイ、松野カラ松にな！」

◇

――とっぷりと日が暮れた。

カラ松は一人だけでは心もとないと、ちょうど暇そうにしていた十四松に声をかけ、二人で主不在のおでん屋を開いていた。

「すまないな十四松。協力してもらって」

「全然いいよ！　死ぬほど暇だったから！」

「そうか」

逆に用事があることの方が少ない兄弟である。

そして時間が過ぎる。十分――二十分――三十分――――一時間。

「……十四松」

「なに？　カラ松兄さん！」

「……誰も来ないな」

「誰も来ないね！」

二人の目の前を、仕事帰りのサラリーマンやＯＬたちが素知らぬ顔で通り過ぎていく。その目には、おでんの屋台などチラリとも映らない。

時刻は夜七時を過ぎ、どの店も客で混（こ）みあう時間帯である。なのに誰ひとり客が来ないまま、開店からすでに二時間がたとうとしていた。

不安に駆られたカラ松が、うっすら額（ひたい）に冷や汗（あせ）を浮かべながら言う。

「この屋台……いつもこうなのか？」

「そうだね！　ぼくたち以外のお客さん、見たことない！」

「そう……だよな」

思えばそうである。いつ行ったって座れるし、このおでん屋は賑（にぎ）わっているとは言い難い。しかしここまで閑散（かんさん）としているとは思わなかった。

最初こそ普段世話になっているチビ太のためにと燃えていた二人だったが、こんな状態が続けば、だんだん言葉少なになっていく。

……。…………。…………。

「あのさ！　これ、ヤバくない⁉」

「おお十四松、オレが気を遣って口にしなかったことをたやすく言ったな……」

ヤバいのである。このままでは経営が成り立たないのである。仕事をろくにしたことがない二人にそう思わせるほど、この屋台はヤバかった。

「そもそも、おでんの屋台なんて今時流行るのか？」

カラ松は、根本的な疑問にぶち当たる。オシャレで美味しい店が溢れるこの現代に、古くさい屋台などが流行るのか。おでんを食べたければコンビニにだって売っている。昔気質の人間ならいざ知らず、その種の風情に興味のない若者がわざわざ不慣れな屋台に足を運ぶとは考えづらい。

「流行らないね！」

「そうだよな。当たり前のように通っていたから気づかなかった」

何がダメなんだろうな、とカラ松は腕組みして首を傾げる。

そもそも、飲食店経営というのは難しいものである。

味、メニュー、値段、立地、あるいは店の設計やコンセプトまで。

考えるべき点はいくつもある。繁盛店というのは、複合的な条件が組み合わさってできた総合芸術だ。一方で、値段は高いし接客も悪いが、味だけは途方もなくいいという一点突破型の繁盛店も存在する。飲食店経営は奥が深い。

「ふむ……」

カラ松は外へ出て、あらためて屋台の姿をまじまじと眺める。

そして、気がついた。

「なあ十四松。この屋台……ダサくないか？」

チビ太の屋台は木造で、「お」「で」「ん」ののれんと、赤ちょうちんが下がっている点は昔ながらだが、全体が赤く塗られていることと、『ハイブリットおでん』の文字がやけに主張している点は異彩(いさい)を放っている。アバンギャルドでアート性を見いだせなくはないし、よく目立つという点では商売的に正解とも言えるが、

「見るからにダサいね！」

今日の十四松はキレがいい。

カラ松は謎が解けたとばかりに頷(うなず)いて、

「薄々勘づいていたが……やはりビジュアルが問題か」

カラ松は文字の書かれたのれんに手を触れながら、

「『おでん』……今どき『おでん』はなくないか？」

「名前がダサいね！」

「せめて『ODD DEEN』くらい言わないとな」

「どういう意味？」

「意味とかじゃない……フィーリングだ」

そして今度は距離をとり、遠目に屋台を見ながら思考を巡(めぐ)らせたカラ松は、やがて「閃(ひらめ)いた！」と手を打った。

「銀の馬車……銀の馬車だ！」

「銀の馬車！」

「夜道に輝く銀色の馬車……。きっとパーティ帰りの令嬢たちが押し寄せるぞ！」

カラ松はこんなすごいアイデアを思いついてしまった自分が怖いとばかりに震えると、十四松を見て頷いた。

「……やるか」

「あはは！　面白そうだね！　やろう！　やろう!!」

俄然盛り上がるカラ松と十四松。

気づくと、どこから取り出したのか、十四松が巨大なハンマーとノコギリを持ち出し、カラ松に手渡す。十四松自身も鉄仮面をかぶり、唸りをあげるチェーンソーをぐるぐると振り回した。

「これもチビ太のため……やむを得まい」

カラ松は決意をこめて頷く。

「改造だ！」

「改造だーっ！」

そして、二人は罪なき屋台に飛びかかった。

◇

——そして一時間後。

「……こんなもんか。どうだ十四松？」

「まあまあかな！」

「そうだな、さっきよりはずいぶんマシになった」

そこにはラッカースプレーで全面銀色に塗られ、変わり果てたチビ太の屋台があった。

暗闇にぼんやりと浮かぶ銀色の物体。まこと得体が知れない。

「だが、まだ物足りないな。もっとこう、ロマンがほしい……」

しかしカラ松は満足しない。男は一度妥協を覚えたら終わりなのだ。

さらに上へ、一歩先へ、その貪欲な姿勢が男を成長させるのだ。

カラ松は太い眉を寄せ、しばし頭を悩ませると、

「ロマン……ロマン……そうだ！　翼だ！」

「わかった！　翼じゃない⁉」

「今オレが言ったぞ十四松⁉　よーし！　さらに改造だ！」

「改造だー！」


――ドガン！　ガッシャァァアン！　ズガガガガガガガッ！

「ふぅ……こんなもんか。だいぶ見られるようになったな」

「そうだね！」

「ふむ……」

さらに一時間後。出来上がった屋台を満足そうに眺めるカラ松。

完全に気分は匠である。だからこそ、妥協はできない。少しでも気になることがあれば、徹底的に手を加えねばならない。これは工事の完成度の話ではない。デザインの話でもない。生き様の話なのだ。

「もっとこう……人を惹きつける何かが欲しい。カリスマ性というか、スター性というか……。そうだ！　ミラーボールだ！」


——ガズン！　バッキャァァアン！　ギッ！　ギギギギッ！　ゴォンッッ！


翼が生えた銀色の構造物、その三角屋根の上に、眩く光る巨大なミラーボールが設えられた。存在感としては、申し分ない。さらに庇にすだれのようなウインドチャイムを配置し、動くたびに荘厳な金属音が鳴るようにした。世界のどこを探しても、これほどアンタッチャブルな屋台は存在しないだろう。

だというのに、

「まだダメだ……」

匠の感性は、もはや常人では理解できない高みに達していた。

孤高。荒れ果てた丘の頂で、一人風に吹かれ、『永遠』に手を伸ばすような……。

「ふんぬっ！　ふんぬっ！」

「どうした？　十四松？」

　そこで問題が起きた。十四松は、屋台を必死に引こうとするが、一向に動かない。ウインドチャイムの音色だけが空しく響く。

「そうか……！」

　重すぎたのだ。自らの失策を、匠はすぐに理解した。

　巨大な造形物を足し過ぎたばかりに重量が増し、屋台の命である機動性が失われてしまったのだ。不覚。不覚である。

「愚直にロマンを追い求めた結果がこれか……皮肉だな……」

　さすがの匠も天を仰いだ。

「だがどうすればいい……？　削れるところなんてどこにもないぞ……？」

　翼も、ミラーボールも、パーカッションも、すべて不可欠なピースだ。

　あと少しで、チビ太のおでん屋が救えるというのに。

　もう少しで、『永遠』に手が届きそうだというのに。

　困難というのは、得てしてゴール手前でやってくる。

　神は戦う者にこそ試練を与える。だがその試練はいつも、乗り越える力を持つ者にしか与えられないのだ。

「考えろ……考えるんだ松野カラ松……！」

その時だった。

「カラ松兄さん！　連れてきたよ！」

「十四松！　それは……！」

「馬だよ！」

馬だった。

手綱をひいて十四松が連れてきたのは、毛並みの優れた葦毛の馬であった。

「盲点だったな……」

匠は額に手を当て、ふるふると頭を振った。

当初志したメインコンセプト――銀の馬車。当然それは馬がいなければ成立しない。

目を疑うようなファインプレイ。神をも恐れぬアイデアに震えがくる。

二人の匠は、削ることではなく、なお足すことで問題を解決したのだ。

ロマンにロマンを重ねる。逃げず、誤魔化さず、信念を貫き通すことで問題を解決する。

これが匠の真骨頂だった。

「その馬……　〝ペガサス〟と名づけよう」

銀河を翔ける天馬に、今後の飛躍をなぞらえた。

馬を一体どこから連れてきたのかなど、もはや聞く方が野暮である。

「……これでピリオドだ……！」

長かった男たちの戦いに終止符が打たれた。

満ち足りた気分だ。当然、仕事人としての達成感もある。

でもそれ以上に、心の底から湧き上がってくる感情は、恩人・チビ太を救えたという喜びだった。

「じゃあカラ松兄さん、これも戻すね！」

「ん……？　ああ、そうだな、それは戻しておこう」

十四松が両手で掲げ、屋台の屋根に取り付けようとしたのは、のれんだった。

改造する際、邪魔になるため一度外しておいたのだ。

そこには、堂々と『お』『で』『ん』という文字が躍っていた。

「おでん……？」

そこで首を傾げたのはカラ松。

「おでん……だな。これ」

「おでんだね！」

十四松も同意する。いかにもこれはおでんの屋台である。

「……」

カラ松は改めて、少し距離をとって改造した屋台を眺める。

「おでん屋……だったな、ここは」

「おでん屋だね！」

「これ……とてもおでん屋には見えないな？」

「おでん屋ではないね！」

「……」

「……」

「まあ……いいか」

冷や汗を流しつつ、カラ松は自分を納得させる。

おでん屋に見えようと見えなかろうと、ロマンに勝るものはない。

そして、生まれ変わったチビ太の屋台は、夜を越えた。

◇

——翌朝。

「……あ……あ……あ……！」

一晩眠って快復し、変わり果てた自慢の屋台を目の当たりにしたチビ太。

つながれた知らない馬が「ブルルル……」と鳴いた。

これは何かの幻かと目を疑ったが、間違いなく現実と知るなり、全身の血液が沸騰するのがわかった。

「出てこいカラ松——っ！　十四松——っ！」

馬にまたがり、謎に満ちた改造屋台を引き回しながら叫ぶ。

蹄の音と、荘厳なパーカッションの音色が響き渡った。

「おいらの屋台はラブホじゃねえんだバーロ————！」

チビ太は泣きながら、馬鹿（ばか）兄弟二人を捜して、延々（えんえん）町を駆けずり回った。

締め切れ！チョロ松さん
10
LIGHT NOVEL
OSOMATSUSAN
ATOMATSU

「う〜ん、ここはちょっとコミットが足りないな……」

大通りに面したオシャレなシアトル系カフェにて。

ナチュラル系のインテリア、暖色の照明、細く流れるボサノバの音色。スーツを着こなしたビジネスマンや、垢抜けたＯＬたちが席を埋め、一種独特の空気が漂う都会のオアシスである。

そんなカフェのテラス席で、頭を悩ませる男が一人。

「もっとビジネスを加速させて……ＡＳＡＰでローンチを……」

原稿用紙を何枚も広げ、頭をがしがしとかいた。原稿用紙は真っ黒で、鉛筆と消しゴムで何度も書き直された跡があった。

「む？　チョロ松、どうしたんだ？」

そこへ声をかけたのは、黒い革ジャンにサングラスがトレードマークの男。

「カラ松兄さんか」

チョロ松は原稿用紙から顔を上げた。

カラ松は気取って椅子を引き、周囲の視線を意識しながら颯爽とチョロ松の隣に腰かけた。ちなみに誰も見ていない。

「原稿用紙か？　一体何を書いてるんだ？」

「……っ」

机の上に顔を寄せるカラ松から、チョロ松は原稿用紙をいったん隠す。

やや迷った後、開き直ったようにチョロ松は答えた。

「本だよ」

「本？」

「自己啓発書っていうのかな。日々難題と戦うビジネスマンに送る僕なりのエールだよ」

「自己啓発書……それをお前が書くのか？」

「そうだけど？」

「……まあ、やるのは自由だ」

一度もまともに働いたことのない札付き(ふだつ)のニートがビジネス書を書く。

神をも恐れぬ所業(しょぎょう)である。

本当に書けるのか。むしろ書けたら書けたで、読者から想像を絶する怒りを買いそうである。

とても正気の沙汰(さた)とは思えないが、思慮深いカラ松は言葉を呑(の)みこんだ。

あまりにチョロ松が朗々(ろうろう)と語るので、否定するようなことは言えなかった。

「最近の流行(はや)りに乗せてストーリー仕立てにするつもりなんだ。ほら、あったでしょ。女子高生がビジネス理論を頼りに弱小の部活動を復活させるとかさ。そういうの」

「なるほど、だから小説みたいになっているのか」

原稿用紙に書かれていたのは、確かに小説だった。

チョロ松いわく、物語は、何の取り柄もない新入社員が大手企業に入社して、次々に立ちはだかる課題をクリアしながら成長していくものらしい。

「これが売れれば、きっと停滞する日本の経済も上向くはずなんだ。僕はこの息苦しい日本の現状を救いたいんだ」

「チョロ松……」

本音を言えば、日本の前にニートであるお前自身を救ってくれと思う。

しかしチョロ松の瞳はまっすぐで、いつもよりも澄んで見えた。

まるで少年がプロ野球選手を目指すような。ヒーローに憧れるような。

これは夢に邁進する男の目。そうカラ松は思った。

「わかった。それならオレも手を貸そう」

「え?」

「オレが読んでアドバイスをしてやろう。さあ」

ゆったりと頬杖をつき、原稿用紙を渡すよう手を差し出すカラ松。

「いや、それはちょっと待って」

一方チョロ松は、眉をひそめて躊躇する。

日頃の経験から、この兄は信用できないとその目は言っていた。

「どうした？　本は人に読んでもらってこそだろう。何を迷うことがある？」

「……」

悔しいが正論だ。本を世に出すということは、数えきれない不特定多数の目に触れるということ。兄弟一人に読まれるのを嫌がっていては始まらない。

「わかったよ。じゃあ意見をくれる？　ちょうど、これでいいのか行き詰まってたところだったんだ」

「フッ、お安い御用だ。読ませてみろ」

カラ松はおもむろに原稿用紙を手に取り、物語に視線を走らせた。


——そして十分後。

「なるほど、わかった」

読み終えたカラ松は、パサッと、原稿用紙を机に置いた。

「……どうだった？」

チョロ松はおそるおそる尋ねた。目の前で自分の書いた物語を人に読まれる経験は初めてだった。読まれている間、ずっと心が落ち着かなかった。しかし同時に高揚するものもある。やはり本は人に読まれてこそなのだ。

チョロ松はごくりと唾を飲む。

カラ松は、「問題は一つだ」と、端的に答えた。

「――ケレン味だ」

「は？」

「主人公にケレン味が足りない」

「ケレン味ってなんだよ！　意味わかって言ってんの⁉」

「フンッ……つまりヒーローだ！」

「だから何言ってんの？」

「つまり主人公にヒーローらしいカッコよさが足りないんだ。もっと読者が心を躍らせるようなケレン味がほしい」

「これ自己啓発書だから！　ケレン味とかいらないから！」

「もっとキャラを立てる必要もあるな」

「はあ？」

「インパクトを持たせるために常にキューバ産の葉巻をくわえさせよう」

「新入社員が葉巻くわえて出勤とか何事だよ！」

「決め台詞は――そうだな、〝誰も俺に指図するな〟だ」

「新入社員つってんだろ！　とんでもないやつ入社しちゃったな！」

期待した自分が馬鹿だった。

チョロ松は原稿用紙の束を手に取り、それを苛立たしげに指さしながら、もっと生産的な意見をくれと訴える。

「それよりもっと内容のことに触れてくれる？」

「内容？」

「そう。僕の考えたビジネス理論がどうとかさ」

自分なりに考えた。初めて社会に出る新入社員が陥りがちな失敗。それに対するソリューション。ステップアップのためのユニークかつドラスティックなアドバイス。ただしそれらすべては何の実体験にも基づかない就職童貞の妄想である。

「フッ、そういうことか」

カラ松はゆっくり頷き、得心したとばかりに髪をかきあげた。

「そこは興味がなかったから読んでない」

「読めよ！」

原稿用紙を机に叩きつける。

「もういい！　お前は帰れ！　全・然・役に立たない！」

「フッ、ナイスアドバイスだと思ったのだがな……」

カラ松を無理やり椅子から立たせ、お役御免を言い渡そうとした時だった。

「あれー？　カラ松とチョロ松？　何してるの？」

不意に背中から声がかかり、振り向くとおそ松だ。

よたよた歩いて、どうせいつものようにやることがなくて、あてもなく外出した口だろう。長男ながら、本当に見下げたやつだとチョロ松は思う。

「こうこう、こういうわけでな……」

「ふんふん」

おそ松は、カラ松から事情を聞くと、興味深そうに頷いた。

「へー、自己啓発書？　チョロ松がねぇ……はいはい」

チョロ松は嫌な予感がする。

この男に意見を聞いたところで、絶対ろくなことにはならない。

むしろ十中八九腹立たしい事態になる。

そんなチョロ松の思いをよそに、おそ松はむんと胸を張って言った。

「わかった！　じゃあ俺に任せとけ！」

「別に任せるつもりないから帰ってくれない⁉」

「まーまー、遠慮すんなって。どれどれ？」

「って、おい！　勝手に持ってくな！」

チョロ松のガードをかいくぐり、おそ松は原稿用紙の束を手に取った。

そして勝手に読み始めてしまった。


——そして十数分後。

おそ松は「ふむ……」と神妙(しんみょう)な顔つきになって、原稿用紙を机に置いた。

「この原稿には致命的な欠点があるな」

「致命的な、欠点？」

そう言われてはチョロ松も気になってしまう。

自己啓発書にとって致命的なこと。理論がわかりにくい？　あるいは文章が？　いくら理論が斬新でも、ハイブローすぎては伝わらない。

もう少しビジネスの初心者向けに易しくすべきだったかとチョロ松は反省する。

耐えきれず、チョロ松が「それは？」と尋ねると、おそ松は答えた。

「ギャグが面白くない」

「ギャグねえから！」

「あのさ、ギャグって難しいんだよ？　センスが出ちゃうから。センスある人はシリアスとかバトルを書いててもちょっとしたギャグが面白いよね。あ、知ってる？　キレッキレのギャグを書く人ほど実は常識人が多いんだよね。ギャグっていうのは日常とのズレでさ。やっぱり常識を弁えてないとそのズレを操れないってことで――」

「お前のギャグ論は聞いてない！　ってか長い！」

「ばっか、俺の話は聞いとけって」

しかしおそ松はため息をつき、呆れたように首を振る。

いい加減な男だが、その口ぶりには説得力があった。口先だけではない、確かな経験に裏打ちされた自信だとチョロ松は思った。

「俺がどれだけ漫画読んできたと思ってんの？」

「だから漫画でしょ⁉」

「赤塚賞に出すなら必勝法があって――」

「出さないから！　赤塚賞！」

「まてまて。じゃあこうしたらどうだ？」

　すると、カラ松が横から口を挟んだ。

「主人公は元ＫＧＢの凄腕エージェントということにして、もっとケレン味を出したらどうだ？」

「お前はケレン味から離れろ！」

　これほど頼りにならない兄がかつていただろうか。

　それも二人も同時にだ。

　チョロ松は痺れを切らして叫ぶ。

「二人ともどっか行ってくれる⁉　助言とかいらないから！」

　二人の毒にしかならないアドバイスには飽き飽きだった。

　チョロ松は椅子を立ち、兄二人を追い払おうとすると、

「もー、何大声出してるの、チョロ松兄さん？　恥ずかしいよ」

　現れたのはトド松。

「トド松？　何でお前まで……」

　トド松はわざとらしく指で両耳をふさぎ、迷惑そうな顔をする。

静かなカフェで大声を出すチョロ松を見かねてやってきたらしい。

するとおそ松がすぐさまトド松のもとへ歩み寄り、かくかくしかじかと事情を説明した。

「え？　チョロ松兄さんが自己啓発書を書いてる？」

「なんですぐ言うかな――――!?」

できればもう誰にも口を出されたくないというのが本音である。

特に勝手ばかりを言う兄弟には。

そんなチョロ松の思いをよそに、トド松は健気に頷いた。

「わかった。自信ないけど、ボクなりの意見を言えばいいんだね？」

「頼んでないけど!?」

しかしトド松は、おそ松から渡された原稿を受け取り、早速読み進める。

――十分後。

「うーん……」

すべて読み終えたトド松は、難しい顔をして言った。

「基本的には悪くないと思うよ。でもこれじゃ女性読者の心は摑めないかな」

「女性読者？」

これまでと違う切り口に、興味をひかれるチョロ松。

「……確かに。言われてみれば、ワーキングウーマンの読者もほしいかな」

女性の社会進出が盛んな昨今だ。読者層としてぜひとも摑んでおきたい。

それに女性読者がつけば、著者としてモテる未来も垣間見える。新進気鋭のビジネスリーダー。迷える若者のアドバイザー。お金も女子も思いのまま……。

邪な心にも火がついて、俄然興味を持つチョロ松。

「じゃ、じゃあどうしたらいいと思う?」

兄弟の中で唯一女子目線に長けたトド松だ。妙案も期待できると踏んだ。

トド松は言った。

「この優しい男上司、いるよね」

「ああ。主人公を優しく導くメンター役だね」

壁にぶち当たってはくじけそうになる主人公を助ける重要な役どころである。深みのある大人を体現するように、ロマンスグレーの髪、堂々とした体軀が特徴で、常に笑顔を絶やさない好人物として描かれている。

「もっとSっ気強くしてみたら?」

「なんで!?」

「普段キツいからこそ、たまに見せる優しさにキュンとくるんだよ」

「キュンとこなくていいんだよ! 自己啓発書だから!」

「あとさ、付録でかわいいミニトートつけよ? お弁当箱入るくらいの」

「ファッション誌!?」

もはや誰の意見を聞いても脱線していく。

「さすがトド松」

「目からウロコだな……まさか雑誌に付録をつけるなんて」

「みんな腐るほどやってんの！　あと雑誌じゃねえし！」

なのにすっかり感心して頷いている兄二人が腹立たしい。

「にゃーん……？」

「ん？」

すると突然、足元に野良(のら)猫が駆け寄ってきて、注意を引かれた。

それに続いて耳慣れた声が追ってくる。

「おーい……って……あれ、みんなどうしたの」

一松(いちまつ)だった。

どうやら猫を追いかけてここまでやってきたらしい。

「こういう時に限ってなんでわらわら集まってくんの……？」

チョロ松の意思に反し、まるで磁石に引き寄せられるように集結する６つ子たち。

「ふーん……自己啓発書ね。……読むわ」

「読むの!?　あと誰も説明してないのに急に理解するのやめて!?　ギャルゲーかよ!?」

もはや大いなる天の意思に導かれているとしか思えない。

普段なら興味すら持たなそうな一松なのに、自(みずか)ら進んで原稿に目を通す。

そして読み終えると、一松は呟くように感想を言った。

「うーん……主人公の好感度が低いかな」

意外とまともな意見である。

だからチョロ松も真っ当に応じた。

「そうかな？　頑張り屋だし、同僚にも優しい主人公だと思うけど」

チョロ松としても、その辺りは押さえているつもりだった。

主人公が嫌われては、物語の屋台骨が折れるようなもの。

しかし一松は納得がいかないらしく、首を振る。

「そもそも同僚とかいる時点でアウト。優しい上司とかにも恵まれすぎ。なにこれ、ファンタジー？」

「個人的な感情ぶつけてくんなよ！」

「リアリティがないよね。仲間とか優しい先輩とか都市伝説でしょ」

「友達がいないのはお前のせいだから！」

チョロ松は頭を抱える。

「どいつもこいつも勝手なことしか言わねえな⁉　僕は客観的な意見が聞きたいの！」

なのに出てくる意見はことごとく偏見にまみれていて役に立たない。

「一人くらいまともなことを言うやつはいないのかよ……」

ため息をつくチョロ松。

もう少しまともな意見が聞きたい。

まっさらな心で物語と向かい合った、忌憚のないピュアな意見を。

「チョロ松兄さーん！　どうしたのー？」

「十四松？」

ご機嫌な様子で、くるくると回転しながら現れたのは十四松だ。

いつも開きっ放しの口。焦点が行方不明で何を考えているかわからない目。

ピュアという意味ではこれほどの逸材はいない。

十四松なら。

十四松なら、つまらない偏見などないまっさらな意見をくれるかもしれない。そう考えたチョロ松は、期待をこめ、自ら原稿を十四松に差し出した。

「あのさ十四松、これ……ちょっと読んでみてくれないかな」

渡された十四松は屈託のない笑顔でそれを受け取る。

「うん！　いいよ！　読む読む！　あははは！」

「それで忌憚のない意見を聞きたいんだ」

「わかった！　かなりわかった！」

そして十四松は、読んでいるのか読んでないのかわからない奇っ怪な瞳の挙動を見せたかと思うと、ものの十数秒で原稿を読み終えた。

そして言った。

「字が多いね！」

「ピュアすぎる！」

小説の存在意義を根底から覆すキラーレビューが飛び出した。

「ぼくが表紙の絵描くよ！」

「やめてやめて！　十四松お願い！」

「はい！　ウォーレン・クロマティ！」

「クロマティ出てこないから！」

そうこうして。

兄弟たちに翻弄されつつも、チョロ松はついに原稿を書き上げ、出版社へ持ちこむことを決めた。

◇

ここは大手出版社――集英社の一階ロビー。

すりガラスで仕切られた打ち合わせスペースの一つに、チョロ松は座っていた。

向かいに座るのは、いかにも歴戦の勇とも言うべき、口ひげを蓄えた壮年の編集者。プラチナグレーの眼鏡がスマートさを強調している。首から下げたＩＤカードには『JUMP j BOOKS』と書かれていた。

書いているうちにわけがわからなくなったチョロ松は、兄弟たちの奔放かつ偏見にまみれた意見をむしろ積極的に取り入れ、作品を完成させた。

「これが作品ね」

「はい……よろしくお願いします」

編集者に原稿の束を手渡す。

すさまじいスピードで原稿に目を走らせる編集者。

その間ずっと、チョロ松は生きた心地もせず読了を待ち続けた。

パサリ、と原稿用紙が机に置かれる音。

「なるほど、わかった。一言で言うとあれだね」

読み終わった編集者は、眼鏡の奥をきらりと光らせて言った。

「ケレン味が足りない」

「!?」

本を書くのは難しい。

■初出
小説おそ松さん 後松 書き下ろし

[小説おそ松さん 後松]

2016年11月30日 第1刷発行
2017年4月30日 第3刷発行

著 者／赤塚不二夫[原作] ◉ 石原 宙 ◉ 浅野直之[イラスト]

監 修／おそ松さん製作委員会

装 丁／五島英一

編集協力／大間華奈子

発行者／鈴木晴彦

発行所／株式会社 集英社

〒101-8050 東京都千代田区一ツ橋2-5-10
TEL 編集部：03-3230-6229
読者係：03-3230-6080
販売部：03-3230-6393（書店専用）

印刷所／凸版印刷株式会社

Printed in Japan ISBN978-4-08-703406-6 C0093

検印廃止

JUMP j BOOKS

LIGHT NOVEL
OSOMATSUSAN
ATOMATSU